유토피아

모두가 행복할 수 있다는 즐거운 상상

청소년 철학창고 11

유토피아 모두가 행복할 수 있다는 즐거운 상상

초판 1쇄 인쇄 2006년 4월 20일 | 초판 10쇄 발행 2022년 12월 8일

풀어쓴이 정순미
펴낸이 홍석 | 이사 홍성우 | 기획 채희석
인문편집팀장 박월 | 편집 박주혜
표지 디자인 황종환 | 본문 디자인 서은경
마케팅 이송희 · 한유리 · 이민재
관리 최우리 · 김정선 · 정원경 · 홍보람 · 조영행
펴낸곳 도서출판 풀빛 | 등록 1979년 3월 6일 제000055호
주소 07547 서울시 강서구 양천로 583 우림블루나인 A동 21층 2110호
전화 02-363-5995(영업), 02-364-0844(편집) | 팩스 070-4275-0445
홈페이지 www.pulbit.co.kr | 전자우편 inmun@pulbit.co.kr

ISBN 978-89-7474-537-0 44160
ISBN 978-89-7474-526-4 44080 (세트)

이 도서의 국립중앙도서관 출판예정도서목록(CIP)은 서지정보유통지원시스템 홈페이지(http://seoji.nl.go.kr)와
국가자료공동목록시스템(http://www.nl.go.kr/kolisnet)에서 이용하실 수 있습니다. (CIP제어번호: CIP2006000799)

유토피아

모두가 행복할 수 있다는 즐거운 상상

토마스 모어 지음 | 정순미 풀어씀

'청소년 철학창고'를 펴내며

우리 청소년이 읽을 만한 좋은 책은 없을까? 많은 분들이 이런 고민을 하셨을 겁니다. 그러면서 흔히들 고전을 읽어야 한다고 합니다. 하지만 서점에 가서 책을 골라 보신 분들은 느꼈을 겁니다. '청소년의 지적 수준에 맞춰서 읽힐 만한 고전이 이렇게도 없는가.'라고.

고전 선택의 또 다른 어려움은 고전의 범위가 매우 넓다는 것입니다. 청소년 시기에는 시간과 능력의 한계 때문에 그 많은 고전들을 모두 읽을 수 없습니다. 그렇다면 어떤 책을 읽어야 할까요?

이런 여러 현실적인 어려움을 고려해 기획한 것이 풀빛 '청소년 철학창고'입니다. '청소년 철학창고'는 고전의 핵심이라 할 수 있는 '철학'에 더 많은 무게를 실었습니다. 그 이유는 무엇일까요?

사람들은 일반적으로 철학을 현실과 동떨어진 공리공담이나 펼치는 학문이라고 생각합니다. 하지만 철학적 사고의 핵심은 사물과 현상을 다양하게 분석하고 종합해서 그 원칙이나 원리를 찾아내는 것입니다. 그래서 철학은 인간과 세상에 대해 깊이 있게 생각하고, 논리적으로 종합하는 능력을 키워줍니다. 그런 만큼 세상과 인간에 대해 눈떠 가는 청소년 시기에 정말로 필요한 공부입니다.

하지만 모든 고전이 그렇듯이 철학 고전 또한 읽기가 쉽지 않습니다. 그래서 '청소년 철학창고'는 청소년의 눈높이에 맞추기 위해 선정에서부터 원문 구성에 이르기까지 많은 노력을 기울였습니다.

첫째, 책을 선정하는 과정에서부터 엄격함을 유지했습니다. 동양·서양·한국 철학 전공자들이 많은 회의 과정을 거쳐, 각 시대마다 동서양과 한국을 대표하는 철학 고전들을 엄선했습니다. 특히 우리 선조들의 사상과 동시대 동서양의 사상들을 주체적인 입장에서 비교하고 검토할 수 있도록 했습니다.

둘째, 고전 읽기의 참다운 맛을 살리기 위해 최대한 원문을 중심으로 구성했습니다. 물론 원문 읽기의 어려움을 해결하기 위해 새롭게 번역하고 재정리했습니다. 그리고 청소년이라면 누구나 어렵지 않게 읽으면서 고전이 주는 의미와 내용을 이해할 수 있도록 설명을 덧붙였고, 전체 해설을 통해 저자의 사상과 전체 내용을 다시 한 번 정리해 주었습니다.

마지막으로 쉬운 것부터 읽기 시작해 점차 사고의 폭을 넓혀 가도록 난이도에 따라 세 단계로 구분했습니다. 물론 단계와 상관없이 읽고 싶은 순서대로 읽어도 됩니다.

우리 선정위원들은 고전 읽기의 진정한 의미가 '옛것을 되살려 오늘을 새롭게 한다(溫故知新).'는 데 있다고 생각합니다. '청소년 철학창고'를 통해 자라나는 청소년들이 인간과 사물에 대한 깊은 통찰력을 키워, 밝은 미래를 열어 나갈 수 있기를 진정으로 바랍니다.

2005년 2월

선정위원　　허우성(경희대 교수, 동양 철학)　　　윤찬원(인천대 교수, 동양 철학)
　　　　　　정영근(서울산업대 교수, 한국 철학)　허남진(서울대 교수, 한국 철학)
　　　　　　이남인(서울대 교수, 서양 철학)　　　한자경(이화여대 교수, 서양 철학)

들어가는 말

　누구에게나 저마다 꿈꾸는 세상이 있다. 어떤 사람은 게임만 하루 종일 할 수 있는 게임토피아를, 어떤 사람은 로봇이 무슨 일이든 대신 해 주는 테크노피아를, 어떤 사람은 악한 사람이 하나도 없는 도덕 공동체를, 어떤 사람은 자연과 더불어 생활할 수 있는 무위자연(無爲自然)의 세상을 꿈꾼다.

　사람들이 현재 자신의 삶에 만족한다면 이상 사회를 꿈꾸지 않을 것이다. 현실 사회가 살기 어려울수록, 가난이 생활을 파고들수록, 폭력과 억압에 시달릴수록 그러한 고통과 억압으로부터 해방된 이상 사회를 염원하고 추구한다.

　지금으로부터 약 500년 전, 영국의 근대화가 막 시작될 무렵에 이상 사회를 꿈꾼 사람이 있었으니 그가 바로 《유토피아》의 저자, 토마스 모어다. 토마스 모어는 자신이 꿈꾼 이상 사회를 '유토피아(utopia)'라고 불렀는데, 그 뜻은 이 세상에 '없는(ou-)' '장소(topos)'이다. 이후 유토피아는 이상 사회를 의미하는 말로 자리 잡아 오늘날까지도 사용되고 있다.

　《유토피아》는 전체 2권으로 이루어졌다. 제1권은 토마스 모어가 살던 15~16세기 영국의 정치 및 사회 문제를 대화 형식을 통해 비판한다. 그 내용은 당시의 사형 제도, 신분 제도, 빈부 격차, 부와 권력의 독과점 현상 등을 비판한 것인데, 이러한 문제들은 오늘날의 사회에서도 여전히 나타난다는 점에서 모어의 통찰력이 돋보인다.

제2권은 '평등한 소유 제도'가 시행되는 '유토피아 섬'에 대한 묘사다. 모어는 유토피아 섬의 사람들은 도덕성을 바탕으로 이기심을 철저히 억제할 수 있으며, 평등하고 자율적인 사회를 꾸릴 수 있다고 주장한다. 그렇다고 모어가 사유 재산을 인정하지 않을 때 사람들이 일하려 들지 않고 나태해질 우려가 있다는 점을 고려하지 않은 것이 아니다. 즉, 모어는 사유 재산 제도를 부정했지만 결국엔 붕괴된 현대 공산주의 사회의 취약점을 이미 파악하고 있었던 것이다.

물론 '아무 데도 없는 곳'이라는 유토피아 사회는 역사상 실현된 적이 없다. 그러나 유토피아는 인간 자신과 인간 사회가 불완전한 이상 인류가 꿈꾼 행복한 삶에 대한 희망으로서 남아 있다. 그리고 무엇보다 밝은 미래에 대한 희망이 있기에 인류가 현재의 삶을 적극적으로 바꿔나갈 수 있다. 바로 여기에 유토피아의 의미가 있다.

끝으로 《유토피아》는 원래 공상소설이기 때문에 현실에서는 실현 불가능한 내용들이 그 안에 있음을 밝혀둔다. 따라서 내용의 현실성 여부보다는 토마스 모어가 그리고자 한 이상 사회의 의미가 무엇인지에 더 중점을 두고 글을 읽기 바란다.

2006년 4월
정순미

《유토피아》에 나오는 주요 인물

토마스 모어(Thomas More, 1477~1535)

《유토피아》의 저자로서, 변호사, 하원의원, 대법관 등을 역임한 영국의 정치가이자 인문주의자다. 그는 탁월한 수완과 식견으로 헨리 8세의 신임을 얻었으나, 왕의 이혼에 끝내 동의하지 않아 1535년에 단두대의 이슬로 사라졌다.

토마스 모어는 인문주의자로서 신랄한 표현도 서슴지 않으나 따뜻한 그리스도교도이며, 동시에 이름난 논쟁가·명문장가였다. 작품으로 《피코 델라 미란돌라전》(1510), 《유토피아》(1516), 《리처드 3세전》(1543) 등이 있다.

피터 자일스(Peter Gilles, 1486~1533)

《유토피아》의 등장인물로서, 현실과 소설에 동시에 등장한다. 현실에서는 토마스 모어의 친구이기도 하면서 에라스무스의 친구로 에라스무스를 모어에게 소개한 사람이다. 소설에서는 모어가 통상(通商) 문제로 네덜란드의 앤트워프에 머무는 동안 모어와 친교를 맺으며 탐험가 라파엘 히드로다에우스를 소개한 사람으로 나온다.

라파엘 히드로다에우스(Raphael Hythlodaeus)

《유토피아》에 등장하는 포르투갈 출신의 탐험가로 가상 인물이다. 라파엘은 5년간 '유토피아 섬'에서 살아온 이야기를 모어에게 전해 준다. 모어는 라파엘의 입을 빌려 당시 영국의 정치 현실을 비판하고, 유토피아 섬의 정치, 사회, 문화, 종교 제도 등을 대안으로 제시한다.

존 모턴(John Morton, 1420~1500)

영국 캔터베리의 대주교·추기경이자 대법관이다. 모어를 열두 살 때부터 집으로 데려와 교육시키고 모어의 가능성을 예측한 인물이다. 소설에서 존 모턴에 관한 부분은 모어의 자서전에 가깝다.

제롬 부스라이덴(Jerome Busleiden, 1470~1517)

《유토피아》의 서문이라고 할 수 있는 '두 통의 편지'에 한 명의 수신인으로 등장하는데, 피터 자일스로부터 《유토피아》의 추천사를 써 줄 것을 부탁받는다. 부스라이덴은 실제 인물로 아이레의 수도원장이자 찰스 왕의 고문관이었으며, 그리스어·라틴어·히브리어를 가르치는 루뱅의 삼국어대학(三國語大學) 창설자였다.

존 클레멘트(John Clement, ?~1572)

'두 통의 편지'에서 언급되는 또 한 명의 인물이다. 모어의 집에서 가정교사로 일했으며, 모어의 딸(양녀 마거릿 긱스)과 1526년 결혼했다. 그는 옥스퍼드 대학의 그리스어 강사가 되었고, 그 후 의학을 공부하여 메리 여왕의 주치의가 되었다.

제 **1** 권

모순으로 가득 찬 현실 사회

제 1 권
모순으로 가득 찬 현실 사회

《유토피아》는 전체 2권으로 이루어졌다. 재미있는 것은 제2권이 먼저 씌어지고 제 1권이 나중에 씌어졌다는 점이다. 모어는 영국의 사절단으로 네덜란드에 6개월 머무는 동안 제2권을 쓰고, 제 권은 귀국한 후에 마무리했다. 제2권이 '유토피아'의 지형, 정치, 경제, 그리고 사회 제도에 대한 상세한 기술이라면, 제1권은 토마스 모어가 유토피아 섬을 다녀온 라파엘을 만나게 된 경위와 영국 현실에 대한 라파엘의 비판이 주를 이룬다.

라파엘은 포르투갈 출신의 탐험가로 등장한다. 그는 먼저 현실 정치의 부조리와 모순에 대해 날카롭게 비판한 뒤, 이상 사회 유토피아를 대안으로 제시한다. 당시 영국의 통치자들은 국민보다는 자신을 위한 정치를 할 뿐 진정한 충고에 대해서는 받아들이지 못했는데, 라파엘은 이를 정확히 짚어낸다. 이어서 그는 "교수형을 처해도 끊임없이 들끓는 도둑을 없애는 방법은 무엇일까?"에 답하고 있다. 그는 도둑들이 끊임없이 생기는 이유가 국가에서 마땅한 생계 수단을 마련해 주지 못했기 때문이라며, 범죄를 발생시키지 않는 좋은 환경을 마련하는 것이 시급하다고 말한다.

그래서 라파엘은 모든 사람들이 행복하게 사는 사회를 만들기 위해서는 사유 재산 제도를 폐지하고 모든 것을 똑같이 나누어 갖는 평등한 소유 제도를 이루어야 한다고 주장한다. 그리고 이러한 제도가 이루어진 유토피아 섬에 대한 자신의 경험을 이야기하겠다고 하면서 제1권은 마무리된다.

우리는 《유토피아》 제1권을 읽으면서 근대화 초기의 영국 사회가 지녔던 문제점들과 오늘날 우리가 살고 있는 현실의 문제점들을 비교하는 한편, 모어가 꿈꿨던 유토피아와 오늘날 우리가 생각하는 유토피아를 비교할 수 있을 것이다.

1. 유토피아 섬을 탐험한 사람

위대한 통치자인 무적의 영국 국왕 헨리 8세와 카스티야(지금의 스페인에 있던 왕국 이름)의 카를로스 왕 사이에 심각한 의견 대립이 생겼다. 국왕은 이 문제를 해결하기 위해 커스버트 턴스톨과 함께 나(토마스 모어)를 플랑드르(네덜란드의 북부에 있는 지명)로 보냈다.

우리 사절단은 미리 약속한 대로 부뤼주에서 카스티야의 사절단과 만나서 한두 차례 회의를 가졌으나, 몇 가지 항목에 대해서는 합의하지 못했다. 그래서 카스티야의 사절단은 휴회(休會)를 요청하고 그들의 국왕과 협의하기 위해 브뤼셀로 떠났고, 그동안 나는 내 일을 보기 위해 앤트워프로 갔다.

그곳에 있는 동안 여러 사람이 찾아왔는데, 내가 가장 좋아한 사람은 청년 피터 자일스였다. 그는 이 도시의 중요한 지위에 있으면서 주민들로부터 깊은 존경을 받았는데, 언제나 겸손하고 소박하고 진지했다. 또한 그의 이야기를 듣고 있으면 즐거움이 저절로 솟아났다. 집을 떠난 지 넉 달이 넘었으므로 나는 영국으로 돌아가 아내와 자식들을 만나보고 싶은 마음이 간절했다. 그러나 피터를 사귀고, 그의 재미있는 이야기를 듣고 있는 동안 고향을 그리워하는 나의 마음은 상당히 위안을 받았다.

어느 날 나는 이 도시에서 가장 아름답고 유명한 노트르담 성당의 예배에 참석했다. 내가 예배를 마치고 집으로 돌아가려고 할 때, 피터 자일스가 어떤 외국인과 이야기하는 것을 보았다. 그 외국인은 햇볕에 얼굴이 검게 탔으며 수염이 길고 나이가 꽤 들어 보였는데, 망토를 한쪽 어깨에 아무렇게나 걸치고 있었다. 나는 이 외국인의 겉모습과 차림을 보고 선원일 것이라고 판단했다. 이때 피터가 내게로 다가와서 그 사람을 가리키며 말했다.

피 터   저기 저분이 보이지요? 모시고 당신을 방문하려던 참이었습니다.

모 어   저분이 당신의 친구라면 즐거이 만나겠습니다.

피 터   저분이 어떤 분인지 아시면, 저분을 만난 것을 기뻐하실 것입니다. 저분만큼 낯선 나라들과 그 나라 사람들에 대해서 잘 아는 사람은 없을 것입니다. 저는 당신이 낯선 나라에 관심이 매우 많다는 것을 알고 있습니다.

모 어   그럼 제 추측이 그다지 어긋나지 않았군요. 저는 그를 보자마자 선원이었음에 틀림없다고 생각했어요.

토마스 모어
《유토피아》의 저자이자 등장인물로, 인문
주의와 기독교 정신을 바탕으로 새로운
공동체 국가인 유토피아 섬을 그려 낸다.

헨리 8세
강력한 왕권 수립과 부패 척결을 단행하
였으나, 집권 후기에 개인적 욕심으로 정
치를 해서 덕망을 잃고 토마스 모어와도
결별하게 된다.

아메리고 베스푸치
이탈리아의 항해사로 아메리카 대륙을 발견한다. 《유토피아》에서는 라
파엘이 그와 동행한 것으로 묘사되는데, 이는 유토피아 섬의 사실성을
부각시키기 위한 소설적 장치다.

피 터   그렇다면 아주 잘못 보신 것입니다. 그는 팔리누르스(그리스 신화에 나오는 유명한 항해사)와 같은 평범한 선원이 아닙니다. 그는 사실 율리시스(그리스 신화에 나오는 오디세우스의 라틴어 이름)나 플라톤(그리스의 철학자)과 같은 유형의 매우 학식이 높은 사람입니다. 이름은 라파엘 히드로다에우스이고, 철학에 매우 관심이 많습니다. 그는 포르투갈 출신으로 전 세계를 보고 싶어 했습니다. 그래서 형제들에게 재산 관리를 맡기고 아메리고 베스푸치(이탈리아의 모험가로 아메리카 대륙을 발견함) 일행이 되었습니다.

당신은 지금 많은 사람들이 읽고 있는, 아메리고 베스푸치의 《4대 항해》를 아시지요? 라파엘 씨는 처음 세 번의 항해 때에는 언제나 그와 같이 있었답니다. 그러나 마지막 항해 때, 베스푸치와 함께 돌아오지 않았습니다. 대신에 그는 베스푸치에게 요청해 요새에 남아 있는 24명의 대원 중 한 명으로 남게 되었습니다. 그래서 그곳에서 그토록 좋아하던 여행을 충분히 즐길 수 있었습니다.

베스푸치가 떠난 후, 라파엘 씨는 다섯 명의 다른 대원들과 함께 많은 탐험을 했습니다. 놀랍게도 그들은 마지막에 실론을 거쳐 캘리컷으로 왔는데, 다행스럽게도 그는 거기서 포르투갈 배를 만나 생각지도 않았던 귀국을 하게 되었던 것입니다.

모 어   그래요? 그런 분과 이야기를 나누는 일은 확실히 흥미 있을 것 같군요. 이런 기회를 주셔서 정말 감사합니다.

나는 라파엘에게 가서 그와 악수를 했다. 우리는 처음 소개를 받았을 때 하는 평범한 인사를 나눈 다음, 내가 묵는 호텔 정원으로 향했다. 그러고는 잔디밭 벤치에 앉아 자유롭게 이야기를 나누기 시작했다. 우선 라파엘은 베스푸치가 떠난 뒤에 요새에 머무는 동안 일어난 일들을 들려주었다.

라파엘   우리는 겸손하고 우호적인 태도를 취했기 때문에 차츰 원주민들과 친해졌습니다. 특히 어떤 왕과 친해졌는데, 그 왕은 친절하게도 저와 다섯 명의 동료들에게 여행에 필요한 음식과 돈을 준비해 주었으며 배와 마차도 빌려 주었습니다. 또한 왕은 가장 믿을 만한 안내인도 붙여 주었는데, 안내인은 우리가 소개장을 받은 여러 왕들에게 우리를 소개해 주라는 명령을 받고 있었지요. 우리는 오랫동안 여행하면서 매우 수준 높은 정치 조직을 갖춘 몇몇 큰 도시들을 보았습니다.

우리는 여러 나라를 여행할 기회를 가졌습니다. 막 출발하려고 하는 배를 만날 때마다, 그들은 언제나 기꺼이 우리를 태워주었습니다. 선원들은 바람과 조류에 대해 잘 알고 있었으나, 제가 나침반의 사용법을 가르쳐 주어 특히 그들 사이에 인기가 높았습니다. 그들은 나침반을 몰랐으므로 언제나 바다를 두려워했고, 여름철 이외에는 좀처럼 항해를 하려고 하지 않았습니다. 그러나 이제는 나침반을 사용하게 되어 겨울철 항해도 두려워하지 않게 되었습니다. 나침반을 지나치게 믿은 나머지 오히려 나침반이 재난을 불러올 위험마저 생기게 할 정도였습니다.

토마스 모어는 '유토피아 섬'에 대한 사실성을 높이기 위해 두 명의 가상 인물을 창조해 낸다. 한 명은 모어가 오래전부터 알고 지내던 사람으로 설정된 피터 자일스이고, 다른 한 명은 포르투갈 출신의 탐험가 라파엘 히드로다에우스다. 모어는 라파엘이라는 인물에 대한 사실성을 높이기 위해 그가 실존 인물인 아메리고 베스푸치의 일행과 함께 여러 차례 탐험을 한 경험이 있다고 서술하고 있다.

라파엘은 직접 5년간 유토피아 섬에 머물면서 경험한 것을 모어에게 들려준다. 토마스 모어는 라파엘을 만나 유토피아 섬의 제도와 풍속에 대한 이야기를 듣고 《유토피아》 제2권을 쓴 것으로 묘사된다.

라파엘은 베스푸치의 허락을 받아 요새에 남아 있으면서 오랫동안 여행을 하게 되는데, 여행 중에 매우 수준 높은 정치 조직을 갖춘 몇몇 큰 도시들을 거치게 된다. 그중 가장 라파엘의 관심을 끈 이상적인 도시가 바로 유토피아 섬이다. 그리고 모어는 운 좋게도 피터 자일스의 소개로 라파엘을 만나 유토피아 섬에 대한 이야기를 듣게 되는 것으로 1장은 설정돼 있다.

2. 현실 정치에 대한 혐오

라파엘은 하룻밤을 머물렀던 나라들에 대해서도 마치 평생을 그곳에서 지낸 사람처럼 자세히 알고 있었다. 나는 라파엘이 신세계에서 본 것 중에서 유럽 사회의 개혁 방법으로 사용할 만한 몇 가지 제도들을 발견했다. 피터 자일스는 매우 감동되어 말했다.

피 터   라파엘 씨, 저는 귀하가 어찌하여 왕을 섬기지 않는지 이유를 알 수가 없군요. 저는 어떤 왕이든 귀하를 얻으면 기뻐하리라고 확신합니다. 귀하는 학식과 경험으로 보아 왕을 즐겁게 해 줄 뿐만 아니라, 교훈적인 이야기로 유용한 충고를 할 수 있는 분입니다. 그러면 귀하도 자신의 포부를 펼 수 있고, 또 귀하의 모든 친구와 친척을 도와줄 수도 있을 것입니다.

라파엘   저는 사실 친구나 친척에 대해서는 신경 쓰지 않습니다. 이미 그들에 대한 의무를 다했다고 생각합니다. 저는 재산을 친구들과 친척들에게 나누어 주었고 그들이 그것으로 만족했으리라고 생각합니다. 그들은 제가 더욱 출세를 해서 왕의 노예가 되면서까지 그들의 이익을 충족시켜 주기를 기대하지는 않을 것입니다.

피 터　천만의 말씀입니다! 제가 말한 것은 봉사이지 예속이 아닙니다.

라파엘　글자 몇 개가 다르다고 해서 큰 차이가 있는 것은 아닙니다 (봉사는 'service', 예속은 'servitude'이기 때문에 글자 몇 개의 차이라고 말함).

피 터　좋습니다. 귀하가 어떻게 생각하든 저는 아직도 왕을 섬기는 것이 귀하가 다른 사람들을 돕고, 또한 스스로 삶을 유쾌하게 만드는 최상의 방법이라고 생각합니다.

라파엘　본능에 어긋나는 행동을 하면서 어떻게 삶을 즐겁게 만들 수 있습니까? 현재 저는 정말로 즐거운 생활을 하고 있습니다. 게다가 왕 곁에는 이미 왕의 총애를 다투고 있는 사람들이 아주 많습니다. 저 같은 사람이 한두 명 없다고 해서 왕이 곤경에 빠지지는 않을 것입니다.

모 어　라파엘 씨, 귀하는 정말 돈이나 권세에는 흥미가 없군요. 이 세상의 가장 위대한 왕보다도 지금의 당신이 더 존경스럽습니다. 그러나 개인적으로 약간 불편하다고 하더라도 귀하의 재능과 능력을 공공의 일에 쓴다면, 그것은 확실히 존경할 만한 태도가 될 것입니다. 모든 사람의 행복이나 불행은 마치 샘물에서 끊임없이 물줄기가 흘러 나오듯이 왕에게서 나오니까요. 귀하는 폭넓은 이론적

지식과 풍부한 실제 경험을 갖고 있어서 이상적인 고문이 되기에 충분합니다.

라파엘 모어 씨, 귀하는 저와 제가 하는 일에 대해서 오해하고 계십니다. 저는 귀하가 생각하는 바와 같이 뛰어나지도 못하며, 설사 그런 능력을 갖고 있다 하더라도 다른 일에 전념하느라 아직도 사회에 조그만 기여를 한 바가 없습니다.

우선, 왕들은 평화보다는 전쟁에 관심을 갖고 있습니다. 그들은 현재의 왕국보다는 수단 방법을 가리지 않고 새 왕국을 얻는 데 더 열중하고 있습니다. 게다가 왕의 고문들은 다른 사람의 충고가 필요 없을 만큼 현명하거나 자부심이 강합니다. 물론 그들은 왕이 말하는 가장 어리석은 일에 동의함으로써 언제나 왕의 총애를 얻으려고 애쓰고 있습니다.

그들은 다른 사람의 의견에 대해서는 뿌리 깊은 선입견을 갖고 있거나, 또는 자기 자신의 의견만을 제일로 여기는 사람들입니다. 이러한 사람들을 상대로 귀하가 다른 나라의 좋은 정책을 제안했다고 생각해 보십시오. 어떤 일이 일어날까요? 그들은 마치 자신들이 바보 취급을 받기라도 한 것처럼 행동할 것입니다.

저는 이와 같이 자만심과 어리석음과 고집이 뒤섞인 사람들을 여러 곳에서 만났습니다. 한번은 영국에서도 만났습니다.

모 어 정말입니까? 그러면 우리나라에도 가신 적이 있으시군요?

백년전쟁
14세기 중엽부터 영국과 프랑스가 벌인 백여 년에 걸친 영토 분쟁. 토마스 모어가 지적한 명분 없는 전쟁의 한 예다.

장미전쟁
영국의 두 봉건 귀족 사이에 왕위 계
승 문제를 둘러싸고 1455년부터 30
년 동안 계속된 내란.《유토피아》에
서 비판한 권력층의 이기적인 이익
을 추구하는 싸움의 대표적인 예다.

영국 남서부 지역 농민 반란
1497년 세금 정책에 반대해 봉기한 콘월 지역 농민 반란군의 진격 모습. 이 내란 직후 라파엘이
영국에 머물렀다고《유토피아》에 묘사된다.

라파엘 네, 그렇습니다. 참혹한 내란(1497년 과중한 세금에 반대해서 일어난 콘월 주민들의 반란) 직후에 가서 몇 달 동안 머물렀습니다. 이 내란은 영국 남서부에서 시작되었는데, 결국은 반란자들을 참혹하게 대량 학살함으로써 끝났지요.

영국에 머무는 동안 캔터베리의 대주교 존 모턴 경은 저에게 과분한 친절을 베풀어 주셨습니다. 그분은 추기경이기도 했지만 당시에는 영국의 대법관을 겸직하고 계셨습니다. 그분은 높은 신분 때문만이 아니라 지혜와 미덕 때문에 존경받는 인물이었습니다. 그분의 얼굴을 보면 두려움이 아니라 존경이 일었습니다. 그분은 언제나 진지하고 근엄했지만 쉽게 사귈 수 있는 분이었습니다. 잘 알려진 일이지만, 그분은 일자리를 부탁하러 온 사람들을 거칠게 대했으나, 그것은 그 사람들의 총명함과 침착성을 시험해 보기 위해서였습니다. 총명함과 침착성은 신중히 사용하는 한 매우 유용하며, 공공 생활에서 가장 가치 있는 자질이라고 생각했기 때문입니다.

제가 영국을 방문했을 당시 왕은 그분의 판단을 매우 신뢰했으며, 나라 전체가 그분에게 의존하는 것 같았습니다. 그것은 놀라운 일이 아니었습니다. 그분은 소년의 티도 가시기 전에 대학에서 곧장 궁정으로 불려 간 후, 줄곧 여러 가지 위기를 수습하는 어려운 과정을 통해 지혜를 터득하면서 나랏일에 종사해 왔으니까요. 이와 같이 경험을 통해 배운 것은 쉽게 잊혀지지 않는 법이지요.

모어는 라파엘의 입을 통해 영국을 포함한 모든 나라들의 정치 현실에 대해 날카롭게 비판한다. 첫째, 평화보다 전쟁을 선호하는 국왕들의 정책을 비판했다. 그는 당시 국왕들이 영토를 확장하기 위해 많은 사람들을 죽이면서도 전쟁을 벌이는 문제를 지적한다. 다음으로 권력과 돈, 출세를 위해 왕의 총애만을 추구하는 어리석은 관료들을 비판한다. 결국 당시 왕과 관료들이 백성들의 입장에 서지 않고 자만심과 어리석음, 고집으로 똘똘 뭉쳐 있음을 꼬집었던 것이다.

하지만 라파엘은 이러한 정치 현실을 개혁하기 위한 정치 참여에는 부정적이다. 정치에 참여하는 것은 오히려 어리석은 왕을 돕는 일이 되거나 관료들의 허수아비가 되는 일이라고 생각했기 때문이다. 여기서 우리는 현실 정치에 대한 그의 강한 혐오감을 엿볼 수 있다.

3. 거지와 도둑이 생기는 이유

1) 넘치는 도둑과 그에 대한 대처 방안

어느 날 저(라파엘)는 추기경과 식사를 같이 했는데, 그 자리에 어떤 영국인 변호사도 함께 있었습니다. 어째서 그런 화제가 나왔는지는 기억나지 않지만, 변호사는 당시 도둑에게 가해지고 있던 가혹한 형벌에 대해 매우 열렬히 찬성하더군요.

변호사 영국에서는 어디서나 도둑을 교수형에 처하고 있습니다. 저는 한 교수대에서 20명이 처형되는 것을 본 적이 있습니다. 도둑질을 하다가 잡혀 오면 교수형을 면할 길이 거의 없음에도 불구하고 어째서 우리나라에는 여전히 그토록 많은 도둑들이 우글대는지 이해할 수가 없습니다.

라파엘 무엇이 이해가 안 된다는 말씀입니까? 그것은 조금도 이상한 일이 아닙니다. 도둑을 교수형에 처하는 것은 정당하지도 않고 사회적으로 바람직하지도 않습니다. 처벌로서는 너무 가혹하고 예방책으로서도 매우 비효과적입니다. 좀도둑질은 사형을 받을 만큼 나쁜 짓이 아닙니다. 식량을 얻을 수 있는 유일한 방법이 훔치는 것밖에 없다면, 아무리 심한 처벌을 가하더라도 도둑질을 막지 못할 것입니다. 이러한 가혹한 처벌을 주는 대신, 모든 사람들에게 생계 수단을 마련해 주는 것이 훨씬 더 적절한 방법입니다. 그러면 아무도 도둑이 되려고 하지 않을 것입니다.

변호사　이미 여러 종류의 직업이 마련되어 있습니다. 그들은 여러 가지 일을 할 수 있고 또 언제든지 농사를 지을 수 있습니다. 그들이 원하기만 한다면, 정직하게 생활비를 벌 수 있습니다. 그런데도 그들은 범죄를 저지릅니다. 그러므로 도둑질을 한 자들은 교수형에 처해야 합니다.

라파엘　우리 주변에서 매일매일 일어나는 일들에 대해 생각해 보기로 합시다. 먼저 수벌들처럼 다른 사람들의 노동에 의존해서 먹고 사는 수많은 귀족들이 있습니다. 그들은 끊임없이 소작료를 올림으로써 소작인들의 피를 빨아먹으며 살아가고 있습니다. 그들이 알고 있는 경제적 능력은 그것뿐입니다. 그들은 사치스럽게 생활하고 있을 뿐만 아니라, 자신들처럼 아무 일도 하지 않고 빈둥거리는 많은 시종들까지 거느리고 있는데, 이들은 생계를 이어나갈 만한 일을 전혀 배우지 않습니다.

농노와 지주
농민들이 경작하고 영주가 감독하
는 장원제의 모습.

장원 풍경
장원제는 놀고먹는 지주와 과도한 노동에 시달리는 농노의 관계를 바탕으로 한 중세 봉건 사회
의 경제 제도로서, 토마스 모어는 《유토피아》에서 놀고먹는 지주들도 쓸모 있는 일에 종사해야
한다고 말한다.

시종들은 몸이 병들거나 주인이 죽게 되면 쫓겨납니다. 쫓겨난 시종들은 도둑질을 하지 않으면 굶주림에 허덕이기 쉽습니다. 다른 어떤 길이 있을까요? 방랑 생활을 하는 사이에 그들의 옷은 누더기가 되고 몸 전체는 부스럼 덩어리가 되지요. 이런 꼴을 한 사람을 고용하려는 사람은 아무도 없으며, 농부들조차 그들을 받아들이려 하지 않습니다. 한때 사치스럽게 살면서 군복을 입고 뽐내며 모든 이웃을 멸시하던 자가, 몇 푼 안 되는 돈을 손에 넣기 위해 삽과 곡괭이를 들고 땀을 흘리면서 가난한 사람을 충실히 섬긴다는 것이 가능한 일이겠습니까?

변호사　　그러나 바로 이 사람들을 우리는 보호해 주어야 합니다. 전쟁 때에는 그런 사람들이 군대의 기둥이 됩니다. 그들이 평범한 직공이나 농부보다는 용감하고 자존심이 강하기 때문이지요.

라파엘　　귀하는 전쟁을 위해서는 도둑을 보호해야 한다고 말씀하시는 셈이군요. 그렇다면 그런 사람들이 있는 한 도둑이 없어지는 일은 결코 있을 수 없겠군요. 물론 도둑이 유능한 군인이 될 수 있다고 하신 말씀은 옳습니다.

그러나 귀하가 몹시 염려하는 이런 문제가 영국에만 있는 것은 아닙니다. 사실상 세계적인 전염병이지요. 예컨대 프랑스는 이런 문제 때문에 더 지독한 어려움을 겪고 있습니다. 프랑스에서는 심지어 평화 시에도 용병들이 모든 지역에 뒤덮여 있는데, 이들은 고

귀하신 분들이 빈둥거리는 시종들을 두어야 한다는 것과 같은 이유로 외국에서 들여온 자들입니다. 자신이 똑똑하다고 믿는 멍청이들은 나라의 안전은 숙련된 군인들로 이루어진 강한 군대를 갖추어야 유지된다고 생각하기 때문에 전투 경험이 없는 신병들은 믿지 못합니다.

그래서 정부는 병사들을 훈련시키고, 그들의 능력을 향상시키기 위해 일부러 전쟁을 일으키기도 합니다. 그렇지만 숙련된 군대는 기회가 오면 정부를 무너뜨리고, 그 영토를 짓밟는 예를 여러 번 보지 않았습니까? 그래서 프랑스는 쓰라린 경험을 통해 이러한 야만적인 군대를 거느리는 것이 얼마나 위험한가를 배웠으며, 로마·카르타고·시리아 및 기타의 많은 나라들도 역사를 통해 동일한 교훈을 얻을 수 있었습니다. 그러므로 그들이야말로 정말 불필요한 존재입니다.

더구나 귀하가 말씀하신 도시의 직공이나 시골의 무식한 농부들이 모두 문제의 시종들을 실제로 두려워한다고 생각되지는 않습니다. 시종들은 처음에는 강한 체력을 갖고 있지만, 아무것도 하지 않고 앉아서 빈둥거리거나 보잘것없는 일이나 하다 보면 곧 나약해지고 맥이 풀려 버립니다. 그러므로 그들에게 유익한 기술을 가르치고 다른 남자들과 마찬가지로 일을 하게 만들면 사실상 그들이 도둑이 되는 일은 없을 것입니다.

2) 양들에게 빼앗긴 터전

라파엘   그러나 이것이 사람들로 하여금 도둑질을 하게 하는 유일한 이유는 아닙니다. 저는 귀하의 영국에만 특유한 또 다른 원인이 있다고 생각합니다.

추기경   그러면 그 원인이란 무엇입니까?

라파엘   양입니다. 조금밖에 먹지 않는 이 유순한 짐승이 이제는 왕성한 식욕을 갖게 되어 사람까지 먹어 치우게 된 것입니다. 양들이 들과 집과 도시, 모든 것을 짓밟고 있습니다. 다시 말해 훌륭하고 값비싼 양털이 생산되고 있는 지역에서는, 귀족들은 물론 몇몇 성직자들까지도 그들의 토지에서 나오는 소작료에 만족하지 않게 되었습니다. 그래서 그들은 한 조각의 농경지도 남기지 않고 모든 토지에 울타리를 치고 양을 키우는 목장을 만들었습니다. 그들은 심지어 교회를 제외한 모든 집과 마을을 부숴 버렸습니다. 교회는 양들의 우리로 사용하기 위해 남겨둔 것입니다.

그 결과 어떤 일이 일어날까요? 한 명의 탐욕스런 인간이 마치 악성 종양처럼 그의 고향을 먹어 치우고, 차례로 밭과 들을 흡수해서 수천 에이커를 울타리 하나로 둘러막아 버립니다. 이에 따라 수백 명의 농민들이 쫓겨납니다. 농민들은 속임수에 넘어가거나 협박이 두려워 억지로 소유지를 포기하기도 하고, 계속되는 괴롭힘에 못

견디어 끝내는 땅을 팔게 됩니다. 어떠한 수단을 썼든 간에 이 가엾은 사람들은 그들의 모든 가족들과 함께 떠나지 않으면 안 되는 것입니다.

그들은 정든 집을 떠나야 하는데, 다른 곳에서는 살 만한 곳을 찾지 못합니다. 그 모든 가재도구는 설사 적당한 값을 받을 때까지 기다린다고 하더라도 별로 값을 받을 수 없어서 아주 헐값으로 팔아 버립니다. 그리고 그들이 여기저기를 떠도는 사이, 이 적은 돈을 모두 써 버리게 되면 도둑질하는 것 이외에는 별 도리가 없지 않습니까? 그래서 교수형을 당할 도리밖에 없지 않습니까? 물론 거지가 될 수도 있지만, 그렇게 되어도 그들은 부랑자라고 체포되어 게으르다는 죄로 감옥에 들어가기 마련입니다. 그들은 일을 간절히 원하지만 아무도 일을 주지 않습니다. 농작물 재배를 위해 많은 일손을 필요로 했던 농경지들이 이제는 목장으로 변하여 양을 돌보는 목동 한 사람만을 필요로 하기 때문이지요.

같은 이유로 여러 지방에서는 곡식 값이 아주 비싸집니다. 또한 양털 값이 폭등하여 양털을 사다가 집에서 모직물을 짜서 생계를 유지하던 가난한 사람들은 양털을 살 엄두도 못 내게 됩니다. 이것은 더 많은 사람들이 일에서 쫓겨난다는 것을 의미합니다. 양 치는 목장이 엄청나게 늘어나면서 양들 사이에 전염병이 퍼져 수많은 양들이 죽게 되자 당연히 양모 값은 올라갑니다. 그 전염병은 마치 하

▲ 인클로저
15~16세기 영국에서는 더 많은 이익을 주는 양모 생산을 위해 공동 경작지를 목장으로 전환하고 울타리를 쳐서 사유지로 만들었다. 토마스 모어는 《유토피아》에서 이를 직접적으로 언급하며 비판한다.

▼ 거리의 부랑자
인클로저로 인해 많은 농민들은 땅을 잃고 거리로 내몰리게 되었으며, 급기야는 부랑자나 도둑이 되기도 하였다.

느님이 목장 주인들의 탐욕스러움을 벌하시기라도 하듯이 퍼져 나갔습니다.

양이 많아진다고 값이 내리지는 않습니다. 그 이유는 몇 명의 부자가 거의 모든 시장을 지배하고 있기 때문입니다. 이 부자들은 그들이 필요하다고 생각할 때까지는 판매할 필요가 없기 때문에 원하는 값을 받을 때까지는 결코 팔지 않습니다. 이것은 또한 다른 가축의 가격도 마찬가지로 인상시킵니다.

이렇게 해서 소수의 탐욕스러운 사람들이 영국의 가장 중요한 양모 산업을 국가적 재난으로 바꿔 놓았습니다. 식량값이 올라 집주인들은 수많은 일꾼들을 내보냈으며, 쫓겨난 일꾼들은 어쩔 수 없이 거지나 도둑이 되었습니다. 두려움 없는 자는 쉽게 도둑이 되어 버리는 것이지요.

더구나 이런 비참한 빈곤 속에서도 당신네 영국 사람들은 사치를 추구하고 있습니다. 하인, 직공, 심지어 농업 노동자까지 사실상 모든 사회 계급이 옷과 음식에 쓸데없는 낭비를 하고 있습니다. 선술집이니 요리집이니 하는 이름을 내건 유흥장을 비롯해서 얼마나 많은 매춘가가 있는가를 생각해 보십시오. 또 사람들이 즐기는 방탕한 도박을 생각해 보십시오. 그것은 사람들의 돈을 순식간에 모두 날려 버리게 해서 도박에 빠진 사람들을 곧장 도둑으로 만들게 하는 것이 아니고 무엇이겠습니까?

이런 해로운 습관을 뿌리 뽑으십시오. 농장이나 농촌 마을을 파괴시킨 자는 누구든 스스로 그것을 원상태로 만들게 하든지, 아니면 농사를 지을 의사가 있는 사람에게 토지를 넘겨주게 하는 법률을 만드십시오. 부자들이 시장을 지배하고 독점하지 못하도록 하십시오. 하는 일 없이 빈둥거리는 사람들의 수를 줄이십시오. 농업과 모직 공업을 부흥시켜 실업자들에게 정직하고 유익한 일을 많이 주도록 하십시오.

이러한 사태를 바로잡기까지 귀하는 도둑들에게 정의가 실현되고 있다고 자랑할 수 없습니다. 왜냐하면 그러한 처벌은 정의나 사회 이익을 위한 것이라기보다는 전시 효과를 위한 것이기 때문입니다. 어린 시절부터 교육을 잘못시켜 타락과 부패의 습관이 몸에 배도록 만들어 놓고 어른이 되어 나쁜 짓을 하면 처벌하는 것은, 어릴 때부터 도둑놈이 되도록 교육시켜 놓고는 도둑질을 하면 처벌하는 것과 같습니다.

《유토피아》 제1권에서 가장 중요한 부분은 바로 당시 사회·경제 상황에 대한 토마스 모어의 통찰이다. 모어가 보기에 귀족들은 다른 사람의 노동에 의존하여 살면서도 사치를 일삼았고, 시종들은 귀족에게 빌붙어 살면서도 일을 하지 않았다. 이러한 구조 속에서 시종들은 귀족이 몰락하거나 죽게 되면 쫓겨나 실업자가 된 채 방랑을 하거나 마지막 순간에는 도둑질을 하는 존재로 전락할 수밖에 없다는 것이다.

당시 영국에서 도둑질을 하다 잡히면 교수형을 당하는데도 불구하고 도둑이 없어지지 않는 근본적인 이유는 무엇일까? 모어는 생계수단을 마련해 주는 '구조적인 해결책'을 찾지 않고 무조건 도둑을 처벌하기 때문이라고 주장한다. 즉, 훔치는 길밖에 살 길이 없다면 아무리 처벌이 가혹하다 하더라도 도둑질은 근절되지 않는다는 것이다.

그렇다면 토마스 모어가 비판했던 당시 영국 사회의 문제는 어디서 온 것일까? 그것은 다름 아니라 중세에서 근대로 넘어가는 과정에서 발생한 국민 대다수의 빈곤과 고통 때문이었다. 흔히 자본주의의 초기 축적 과정이라고도 부르는 이 근대화 과정에서 당시 영국 사회의 인구 다수를 차지하던 농민들은 '인클로저(enclosure)'와 같은 사회 현상으로 토지에서 내몰리고, 적절한 생계 수단을 마련하지 못한 채 부랑자로 떠돌거나, 어쩌지 못해 도둑으로까지 전락하게 된다.

그럼 커다란 사회 변화를 초래한 역사적 사건 인클로저가 어떤 것이었는지 자세히 살펴보도록 하자.

인클로저는 15~16세기의 제1차 인클로저와 18~19세기의 제2차 인클로저로 나뉘는데, 이것이 커다란 사회 문제로 부각된 것은 15세기 말 이후였다. 그래서 흔히 인클로저라고 하면 제1차 인클로저를 지칭하는 말로 쓰인다.

인클로저란 단어의 뜻 그대로 '토지에 울타리를 친다.'라는 의미다. 제1차 인클로저는 영국의 산업화 과정에서 보다 많은 이윤을 얻기 위해 농민들의 농경지를 양 치는 목장으로 바꾸면서 일어난 사회 변동을 말한다. 즉, 영국의 귀족들이나 성직자들이 농민들을 농지에서 내몰고 목장으로 만든 토지에 울타리를 쳐서 타인의 출입을 막았고, 이로 말미암아 농민들은 땅을 잃고 거리로 내몰리면서 생활은 점차 빈곤해지고 마침내 부랑자나 도둑이 되었다.

한편 도시에서 공업의 발전으로 노동자는 늘어나고 농업 인구는 감소하게 되면서 곡물값이 폭등하자, 양모 생산보다는 곡물 생산이 더 많은 이익을 내게 되었다. 그러자 이번에는 대토지 소유자나 부농이 중심이 되어 미개간지나 공유지 등을 확보하고 울타리를 치게 되었는데, 이것이 곧 제2차 인클로저다. 제2차 인클로저는 자본주의의 성장과 더불어 농기구 및 농업 기술이 발전하자 일어나게 되는데, 농업 자본가를 탄생시키는 계기가 된다.

토마스 모어는 바로 제1차 인클로저로 인한 사회 문제가 크게 부각된 시기에 살았다. 그래서 《유토피아》에서도 제1차 인클로저와 그에 따른 문제점을 주로 지적하고 있는 것이다.

그렇다면 인클로저는 어떤 사회 문제를 발생시켰는가? 우선 인클로저로 인해 농민들은 조상 때부터 살던 정든 고향을 떠나 객지로 떠돌게 되었다. 농민들이 농사를 포기하자 당연히 곡물값은 폭등하고,

거지가 된 많은 농민들은 굶주리다 못해 '처음에는 도둑이 되고, 다음에는 시체가 되는' 절박한 상황으로 내몰리게 된다. 법은 언제나 약자에게 가혹하기 마련이어서 당시에는 사소한 절도죄도 교수형에 처해졌다. 그래서 모어는 "유순한 양이 사람까지 먹어 치우게 되었다."라고 말한 것이다. 휴 라티머(Hugh Latimer)의 말대로 "많은 사람들이 살던 곳에 이제는 한 사람의 양치기와 그의 개가 있을 뿐"이었다.

4. 도둑을 처벌하는 올바른 방법

1) 도둑에 대한 사형 집행을 반대하는 이유

추기경   그런데 라파엘 씨, 저는 귀하가 왜 도둑을 사형시키는 것에 반대하는지, 또한 어떠한 처벌이 공공의 이익을 위해 더 바람직하다고 생각하는지를 들려주셨으면 좋겠군요. 제 생각으로는 귀하도 도둑질은 근절되어야 한다고 생각하는 것 같아서 하는 말입니다. 그리고 사형을 시키는 데도 불구하고 도둑은 계속 증가하고 있는데, 도대체 어떠한 정책이 효과적으로 도둑질을 근절시킬 수 있을까요? 처벌을 가볍게 해 주는 것은 오히려 그들이 좀 더 많은 죄를 저지르도록 권장하는 것이 되지 않을까요?

라파엘   존경하는 추기경님, 약간의 돈을 훔쳤다고 해서 인간의 생명을 빼앗는 것은 공정하지 못합니다. 제 생각으로는 아무리 많은 재산이라도 인간의 생명과 맞바꿀 수는 없습니다. 만일 돈을 훔쳐서가 아니라 법을 깨뜨리고 정의를 어겼기 때문에 처벌해야 한다고 말씀하신다면, 이 정의라는 개념은 절대적으로 공정하지 못한 것이 아니겠습니까?

하느님은 "살인하지 말라."라고 말씀하셨습니다. 그런데 약간의 돈을 훔쳤다고 살인을 하는 것이 정당하다고 할 수 있을까요? 이 계명을 불법적인 살인을 하지 말라는 뜻으로 이해한다면, 사람들이 여러 가지 이유를 들어 살인을 합법화하는 것을 어떻게 막을 수 있겠습니까? 이것은 하느님의 법률보다 인간의 법률을 더 중요하게 여기는 잘못입니다.

하느님은 남의 목숨을 빼앗는 것을 금지했을 뿐만 아니라 자살까지도 금지할 정도로 생명을 소중하게 여겼습니다. 그런데 살인 행위가 이러한 하느님의 뜻보다는 인간 사회의 질서 유지를 위해 어쩔 수 없다고 인정된다면, 하느님의 계명이 인간의 법률이 허용하는 범위에서만 타당하다고 하는 것과 같은 말이 될 것입니다. 이렇게 되면 결국 하느님의 계명은 인간의 편리성에 의해 좌우되고 말 것입니다.

하느님은 옛날보다 더 자비로운 새로운 율법을 주신 것이지, 서로를 죽일 수 있는 특권을 주신 것이 아닙니다. 엄격했던 모세의 율법 밑에서도 도둑은 교수형을 당하지 않고 벌금만을 물었을 뿐입니다.

그런데 지금까지 말씀드린 것은 도덕적 근거에 따른 반대였습니다. 실제적인 면에서 보더라도 도둑과 살인자를 똑같은 방법으로 처벌하는 것은 불합리할 뿐 아니라 사회를 위해서도 분명 매우 위험한 일입니다. 살인에 대한 판결이 도둑질에 대한 판결보다 무겁지 않다는 것을 도둑이 안다면, 그는 단지 도둑질만을 하려고 했던 경우에도 살인을 하게 될 것입니다. 체포된다고 하더라도 그에게 더 나빠질 것이 없고, 또한 유일한 목격자를 살해함으로써 체포되지 않고 범죄를 숨길 수 있기 때문입니다. 그러므로 두려움을 통해서 도둑질을 없애려고 한 우리의 노력은 죄 없는 사람들을 죽이게 만들고 있는 것입니다.

2) 바람직한 형벌 제도

그러면 어떠한 처벌이 더 나을까요? 어떤 처벌이 더 나쁘냐고 물었더라면 저는 대답하기가 더 어려웠을 것입니다. 우리가 알고 있듯이, 통치 방법에서 매우 노련했던 고대 로마 사람들이 범죄자들에게 사용했던 처벌 제도가 훌륭했다는 것은 의심할 여지가 없습니다. 그들은 중죄를 범한 자들을 쇠고랑을 채워서 광산이나 채석장으로 보냈습니다.

그러나 제가 알고 있는 최상의 제도는 페르시아를 여행할 때에

교수형
1571년부터 이용한 교수대의 모습. 《유토피아》 제1권에 나오듯이 토마스 모어가 살던 당시의 영국에서는 사소한 죄를 지어도 교수형에 처해졌다.

'폴릴레리타에(Polyleritae, 그리스어로 '난센스가 많은 곳'이라는 의미의 조어)'
라고 알려진 지방에서 본 것입니다. 폴릴레리타에 사람들은 넓은
땅에 살면서 잘 조직된 사회를 형성하고 있는데, 페르시아 왕에게
세금을 물어야 한다는 것을 제외하고는 완전히 자치적입니다. 그
곳은 바다에서 멀리 떨어져 있고 사방이 거의 산으로 둘러싸여 있
으며 풍요한 국토에서 거두는 수확만으로도 만족스럽게 살 수 있
는 곳이기 때문에, 외국인과 거의 접촉이 없습니다. 그들은 영토
를 넓히려고 들지 않을 뿐만 아니라 국토는 산으로 둘러싸여 있
고, 페르시아 왕에게 조공을 바치고 있으므로 외부로부터 침략
을 받을 염려도 없습니다. 따라서 주민들은 호화스럽지는 않지만
안락하게 살며, 유명하거나 영광스럽다고 할 수는 없지만 행복합
니다.

폴릴레리타에에서 절도죄로 판결을 받은 사람은 대부분의 다른
나라에서 하듯이 왕이 아니라 그 주인에게 훔친 물건을 돌려주어
야 합니다. 만일 훔친 물건을 갖고 있지 않으면, 그것에 합당하는
재물을 물어내야 하며 물어내고 남는 나머지 재산은 그의 아내와
자식들에게 넘겨집니다. 그리고 도둑질한 사람은 중노동에 처해집
니다. 흉악한 강도를 제외하고는 도둑에게 쇠고랑을 채우지 않으
며, 매우 자유로운 상태로 공공 사업장에서 노동을 하게 합니다.
범죄자가 노동을 거부하거나 게으름을 피우면 쇠고랑을 채움으로

써 더 이상 게으름을 피우지 못하게 합니다. 그리고 그들이 빨리 움직이도록 채찍질을 가하기도 합니다.

죄수들은 다른 사람들이 입지 않는 특별한 색깔의 옷을 입고 있습니다. 머리는 전부 깎지 않고 단지 두 귀 위쪽만 짧게 깎아 내며, 한쪽 귀의 끝을 조금 잘라 버립니다. 그들에게 음식이나 규정된 색깔의 옷을 줄 수 있으나, 돈을 주는 사람과 그 돈을 받는 죄수는 모두 사형을 받습니다. 어떠한 구실로든 노예 ─ 죄수는 보통 이렇게 불립니다 ─ 들로부터 돈을 받으면 자유인일지라도 사형을 당하며, 노예가 어떤 종류의 무기에 손을 대도 사형을 받습니다. 노예는 각기 그가 어떤 지역에 속해 있는가를 나타내는 표지를 달고 있는데, 이 표지를 떼거나 자신의 지역을 벗어나거나 다른 지역에서 온 노예와 이야기를 하면 사형을 받습니다.

도주에 대해 말하자면, 도주하는 것도 그렇지만 도주를 계획하는 것도 모험입니다. 도주 계획에 가담하는 경우 노예는 사형을 당하고, 자유인은 노예가 됩니다. 반대로 도주 계획을 밀고하면 자유인인 경우에는 현금으로 포상을 받고, 노예인 경우에는 자유를 얻을 수 있습니다. 어느 경우에나 제보자가 범죄 계획에 가담했다고 하더라도, 범죄 계획을 진행시킨 것보다 포기한 것이 더 낫다는 원칙에 따라 사면을 받습니다.

이상 말씀드린 것이 이 제도를 운영하는 실상이며, 이 제도는 분명히 매우 편리하고 인간적입니다. 범죄에는 엄격하지만 범죄자의 생명을 구하고 범죄자를 싫든 좋든 선량한 시민이 되도록 유도하며, 따라서 범죄자는 그들이 과거에 저지른 잘못을 보상하는 데 일생을 바칩니다.

사실 그들이 다시 죄를 범할 위험은 거의 없기 때문에, 일반적으로 장거리 여행자들은 그들을 가장 안전한 안내인으로 여기고 지나가는 지역에 맞춰서 차례로 그들을 고용합니다. 아시겠지만 노예들은 무기를 휴대할 수 없기 때문에 노상강도 행위를 할 도구가 없습니다.

물론 그들이 정부를 무너뜨릴 음모를 꾸미지 않을까 하는 위험은 남아 있습니다. 그러나 다른 여러 지역의 노예들을 선동하지 않고, 어떻게 한 지역의 노예들만으로 그러한 대규모 행동을 조직할 수 있겠습니까? 다른 지역의 노예들을 선동한다는 것은 절대로 불가능합니다. 그들에게는 다른 지역의 노예들과 음모를 꾸미는 것은 고사하고, 만나거나 이야기를 나누거나 아침 인사를 하는 것조차 허용되지 않고 있습니다. 게다가 비밀을 지키는 것은 매우 위험하고, 밀고하면 아주 유익하다는 것을 알고 있는 같은 지역의 노예를 함부로 비밀 계획에 가담시키려는 노예가 있을까요?

한편 모든 노예는 그들이 명령받은 것을 성실히 수행하고, 당국자에게 그가 장차 올바르게 살리라는 확신을 주기만 하면 누구나 자유를 되찾을 수 있는 희망이 있습니다. 매년 상당수의 노예가 선행을 했다는 이유로 석방되기 때문입니다.

변호사   (냉소적 태도로 고개를 흔들며) 그러한 제도는 영국에 심각한 위험을 끼칠 것이므로 영국에서는 결코 채택할 수 없을 것입니다.

변호사가 이렇게 말하자 모든 사람들이 그의 말에 동의했습니다.

추기경   저는 라파엘 씨의 말에 동의합니다. 그것이 효과를 거둘지 거두지 못할지를 시험해 보기 전에는 예측하기 어렵습니다. 그러나 국왕이 시험 기간을 두고 사형 집행을 연기했다고 가정합시다.
　　우선 죄인을 보호하는 특별 지역에 대한 모든 특권(당시 영국에서는 가령 교회와 같은 특정 지역에서는 범죄자를 보호할 수 있었음)을 폐지한 상태에서 그 결과가 좋으면 이 제도를 법률로 정하고, 결과가 좋지 못하면 이미 사형 선고를 받았던 도둑들을 사형시킬 수 있을 것입니다. 사형 집행을 약간 늦추는 것이 일찍 집행하는 것보다 사회에 해악이 될 것도 없고 부당한 일도 아닐 테니까요. 저는 도둑에 대해서뿐만 아니라 부랑자에 대해서도 같은 방법을 적용하는 것이 바람직한 일이라고 생각합니다. 이제까지 우리는 부랑자를 다스릴 많은 법을 만들어 왔지만 아무런 효과도 보지 못했습니다.

제가 말했을 때에는 냉소적인 태도를 취했던 사람들이, 추기경이 이처럼 제의하자 모두 열렬히 찬성했습니다. 특히 그들은 부랑자 문제에 대해서는 더욱 칭찬을 아끼지 않았는데, 왜냐하면 그것은 추기경이 추가한 의견이었기 때문이었습니다.

추기경, 변호사, 라파엘이 중심이 되어 나누는 대화에서 라파엘은 도둑에 대한 사형을 반대하는 이유를 두 가지로 나누어 제시한다. 먼저 윤리·종교적 차원에서 반대한다. 인간의 생명과 맞바꿀 수 있을 만큼 가치 있는 것은 없으므로 돈을 훔쳤다고 생명을 빼앗는 것은 잘못되었다는 것이다.

다음으로 사형 제도가 오히려 살인을 더 부추길 수도 있다는 점에 주목한다. 만약 도둑질을 하다가 잡혀서 사형에 처해지면, 체포되어 죽느니 목격자를 살해하는 것이 낫다고 생각하여 단순한 도둑질이 살인으로 변질될 우려가 있다는 것이다.

그렇다면 라파엘이 생각한 바람직한 처벌 방법은 무엇일까? 그것은 '노예 상태의 강제 노역'이다. 즉, 도둑질한 자가 잡히면 우선 자신이 훔친 물건을 소유자에게 돌려주거나 그에 상응하는 금액을 보상하고, 다음으로 평생 동안 중노동을 하도록 하는 것이다.

이렇게 노예 상태가 되면 특별한 옷과 머리 모양을 하기 때문에 도주할 수도 없으며, 노예들 간의 대화를 금지하기 때문에 반란을 모의

할 수도 없다. 그러나 그들은 강제 노역에 충실하면 석방될 수 있다는 희망으로 더욱 열심히 일하게 된다. 즉, 사소한 범죄에 대해 사형이라는 가혹한 처벌을 내리는 대신, 범죄자의 노동력을 사회에 환원하도록 적극적으로 유도하는 것이 범죄를 줄이는 효율적 방법이라고 주장한다.

사람이 죄를 지었다고 해서 인간의 생명을 빼앗아도 되는가의 문제는 오랜 역사를 통해 논쟁거리였다. 보통 사형 제도는 사회의 질서 유지를 위한 최후의 수단으로 이용되어 왔다. 하지만 시대와 역사에 따라서 사형 제도는 많은 차이가 있었고 그를 둘러싼 논란도 끊이지 않았다.

논란의 핵심은 '사형 제도가 사회의 질서 유지를 위해 존재해야 하는가, 아니면 인간의 고귀한 존엄성을 해치는 일이므로 폐지해야 하는가'이다.

사형 제도 찬성론자들은 첫째, 극악한 범죄를 예방하는 차원에서 사형 제도는 존속되어야 하고 둘째, 피해자의 생명권이 가해자의 생명권보다 더 중요하기 때문에 살인범 등 흉악범을 사형에 처하지 않는 것은 오히려 공평의 원리와 정의에 어긋나는 것이라고 주장한다.

반면에 사형 제도 폐지론자들은 첫째, 사형에 의한 범죄 예방 효과가 과학적으로 입증된 바 없고 둘째, 조사 과정이나 재판 과정에서 오류를 범할 가능성도 있으므로 사형은 위험한 일이며 셋째, 이 세상에서 어떤 가치보다도 고귀하고 존엄한 인간의 생명을 인간이 빼앗을 수 있는 권리는 없으므로 폐지되어야 한다고 주장한다.

우리나라에서도 최근 사형 제도 폐지 운동이 종교인과 법조인을 중심으로 시작되어 사회의 논란거리가 되었다. 사실 사형 제도는 《유토피아》에도 나오듯이 범죄를 방지할 수 있는 억제력을 가진 제도가 아니며, 사형수로 확정된 사람이 과연 그럴 만한 죄를 지었는가라는 문제와 관련해서도 그 정당성을 확신할 수 없다. 이런 측면을 보면 사형 제도는 매우 불완전한 형벌 제도다. 우리도 사형 제도의 문제를 이 장을 통해 여러 가지 차원에서 검토해 볼 수 있을 것이다.

5. 정치의 이상과 현실

1) 편법이 판치는 정치

모 어 　라파엘 씨, 당신의 이야기를 감명 깊게 들었습니다. 귀하의 말씀은 재치와 슬기로 가득합니다. 게다가 말씀을 듣고 있는 동안, 영국으로 그리고 저 자신의 소년 시절로 돌아간 듯한 느낌이 들었습니다. 어린 시절에 추기경 댁에서 자랐기 때문에 추기경에 대한 즐거운 추억이 되살아납니다. 라파엘 씨, 저는 처음부터 귀하를 좋아했지만 귀하가 추기경에 대한 추억을 일깨워 줌으로써 귀하에 대한 친밀감이 얼마나 커졌는지 짐작하시지 못할 것입니다.

그러나 저는 귀하가 궁정 생활에 대한 혐오감을 극복하기만 한다면, 군주를 위한 귀하의 조언이 사회에 매우 유익하게 기여할 것이라고 생각합니다. 그러한 조언을 하는 것이 선량한 분으로서 귀하의 적극적인 의무라는 뜻입니다. 귀하는 플라톤이 "행복한 국가는 철학자가 왕이 되거나, 또는 왕이 철학을 공부하게 될 때 비로소 실현된다."라고 말한 것을 아실 줄 믿습니다. 그런데 철학자가 왕에게 한마디의 충고를 하는 것조차 꺼린다면 저 행복한 국가는 언제 이루어질 수 있겠습니까?

라파엘   철학자들은 그토록 무례한 사람들이 아닙니다. 만일 통치자가 그들의 말을 듣기만 한다면 즐거이 충고를 할 것입니다. 사실 그들은 이미 저서를 통해 그렇게 하고 있습니다. 그리고 플라톤이 한 말도 바로 이런 것을 뜻하는 것이 아니겠습니까? 그는 왕들이 어릴 때부터 나쁜 사상에 깊이 젖어 있기 때문에 그들 자신이 철학자가 되지 않는 한, 철학자의 충고를 받아들이지 못한다는 것을 깨달았던 것입니다. 만일 제가 어떤 왕에게 훌륭한 법률을 제정하고 그의 마음속에 있는 악의 씨앗을 없애도록 노력하라고 말한다면 저는 어떻게 될까요? 저는 즉시 궁정에서 쫓겨나거나 바보 취급을 받을 것입니다.

예를 들어 제가 프랑스 왕의 고문이 되어 어전 회의에 참석하고 있다고 상상해 봅시다. 왕 자신이 앉아 있는 탁자 둘레에는 그의 노련한 고문들이 앉아서 진지하게 다음과 같은 문제들의 해결 방안을 의논하고 있습니다. '어떻게 하면 왕이 계속 밀라노를 장악하고 또 나폴리를 다시 빼앗을 수 있을 것인가?'

이 자리의 모든 훌륭한 고문들이 전쟁을 위한 갖가지 계획을 강력하고 설득력 있게 건의하고 있을 때, 보잘것없는 제가 일어나서 왕에게 이탈리아를 잊어버리고 국내에 머물러 있기를 권고한다는 정반대의 정책을 제안합니다. 프랑스는 이미 한 사람이 훌륭하게 다스리기 어려울 만큼 넓기 때문에, 왕은 더 이상 영토 확장에 신경 쓸 필요가 없다고 말입니다. 그 대신 조상이 물려준 왕국을 가능한 한 아름답고 번영하는 나라로 만들고, 국민을 사랑하며 국민들에게 사랑을 받고 국민과 함께 행복하게 살기 위해 온 힘을 기울일 것을 권합니다.

그럴 경우 모어 씨는 왕이 저의 권고를 어떻게 받아들일 것이라고 생각하십니까?

모 어   확실히 별로 달가워하지는 않을 것으로 보이는군요.

라파엘   그러면 또 다른 경우를 상상해 봅시다. 어떤 왕의 재정 고문들이 왕의 재산을 늘리는 방법을 토론하고 있다고 합시다.

첫째 고문은 왕이 지출해야 할 때는 화폐 가치를 인상하고, 그가 지불을 받아야 할 때는 화폐 가치를 형편없이 인하할 것을 건의합니다. 이렇게 하면 왕의 수입은 증가하고, 왕의 부채를 갚는 비용은 감소하는 효과를 거둘 수 있을 것입니다.

둘째 고문은 왕이 전쟁을 일으키는 것처럼 꾸며야 한다고 건의합니다. 그러면 특별세를 거둘 구실이 생깁니다. 특별세를 다 거두고 나서 편리한 때에 왕은 엄숙하게 상대방과 화해를 하는 한편, 국민을 위하여 피를 흘리는 전쟁을 막아야겠다는 말을 하여 훌륭한 지배자처럼 처신하는 것입니다.

셋째 고문은 오랫동안 시행되지 않아서 효력이 상실되어 있는 데다가 사람들의 기억에서 잊혀져 있어서 사람들이 누구나 위반하는 오래되고 낡은 법률을 들춰내서, 위반자들로부터 벌금을 거둘 것을 주장합니다. 그것은 도덕적 의미에서나 재정적 의미에서나 왕의 신망을 높이는 데 크게 이바지할 것입니다. 왜냐하면 정의라는 미명 아래서 운영될 수 있기 때문입니다.

넷째 고문은 왕에게 어떤 범죄, 특히 가장 반사회적인 형태의 범죄에 무거운 벌금을 부과하는 법률을 제정할 것을 권고합니다. 그 다음에 왕은 이 법률에 불편을 느끼는 자에게는 누구든지 죄를 면제하는 증서를 판매합니다. 그러면 일반 국민들 사이에 왕의 인기가 높아지며, 수입은 이중으로 늘게 됩니다. 첫째로 왕의 계략에 빠진 위반자들로부터 벌금을 징수하게 되고, 둘째로 특별 면죄 증서에 지불하는 돈을 받게 될 것이기 때문입니다.

다섯째 고문은 왕에게 재판관을 장악하여 재판관들이 항상 왕에게 유리한 판결을 내리도록 할 것을 건의합니다. 그리고 왕은 자주 재판관들을 궁전으로 초대해서 왕 앞에서 왕의 법적 지위에 대해 토의하게 합니다. 왕이 아주 명백히 잘못했을 경우라 할지라도 재판관들 중 어느 한 사람은 왕이 빠져나갈 수 있는 길을 찾아낼 것입니다. 그 동기가 무엇이든 결국 그는 법률을 피할 수 있는 길을 찾아냅니다. 그리하여 명명백백한 것이 논쟁의 대상이 되고, 진리가 의혹에 싸이게 됩니다. 이렇게 되면 왕은 법을 자신의 이익에 맞춰 해석할 좋은 기회를 갖게 될 것입니다. 다른 사람들은 공포나 겸손 때문에 이에 동의할 것이며, 결국 재판관들은 대담하게도 법관 자리에 앉아 왕에게 유리한 판결을 내릴 것입니다.

2) 참여인가 개혁인가?

라파엘 그런 회의 자리에서 제가 일어나, 다음과 같이 말한다고 합시다.

"그런 제안들은 폐하께는 불명예스러울 뿐만 아니라 해로운 것입니다. 왜냐하면 폐하의 명예와 안전은 폐하 자신의 재산에 달려 있는 것이 아니라 국민들의 복지에 달려 있기 때문입니다. 폐하께서는 국민들이 왜 폐하를 왕으로 섬긴다고 생각하십니까? 그것은 폐하를 위해서가 아니라 그들 자신을 위해서입니다. 그들은 폐하가 온 힘을 기울여 그들의 생활을 편안하게 해 주고 그들을 부정으로부터 보호해 주기를 원합니다. 그러므로 폐하의 사명은 폐하 자신이 아니라 백성을 행복하게 해 주는 것입니다. 양 치는 사람의 임무가 그 자신이 아니라 양을 먹이는 데 있는 것과 같습니다.

국민을 가난하게 만들어야만 평화가 가장 잘 이루어진다는 이론은 사실과 완전히 다릅니다. 거지들은 사회에서 가장 말썽이 많은 족속입니다. 현재의 생활 조건에 불평하는 자들이야말로 혁명을 일으키기 쉬운 자들이 아니겠습니까? 아무것도 잃을 것이 없는 자들이야말로 자기의 이익을 얻기 위해서 모든 것을 뒤집어엎으려는 강한 충동을 느끼게 됩니다. 주위의 모든 사람들이 불평과 절망에 싸여 있을 때 사치스러운 생활을 즐기는 자를 왕이라고 부를 수는 없습니다. 이런 사람은 오히려 감옥의 간수에 가깝습니다.

예를 들어 다른 병을 일으키지 않고는 병을 고치지 못하는 의사가 돌팔이 의사이듯이, 국민들의 생활 수준을 낮추지 않고서는 범죄를 막지 못하는 왕은 자유인을 다스리는 방법을 알지 못하는 무능한 왕임을 인정하는 꼴입니다. 왕은 그 자신의 게으름이나 오만을 억제하는 일부터 배워야 할 것입니다. 왕은 남에게 폐를 끼치지 말고 자기 자신의 재산으로 살아야 하며 수입과 지출의 균형을 맞추어야 합니다. 왕은 건전한 통치로 범죄의 예방에 힘써야 하며, 범죄의 발생을 방치해 둔 채로 잊혀진 지 오래된 낡은 법률을 다시 적용하는 일을 해서는 안 됩니다. 그리고 왕은 벌금을 걷기 위해 범죄를 만들어 내서는 안 됩니다. 어떠한 사람에게도 그와 같이 부당한 처우를 하지 못하도록 해야 할 것입니다."

이렇게 말한 다음 제가 유토피아에서 멀지 않은 나라인 마카렌스

(Macarenses, '행복한'을 뜻하는 그리스어 'makar'에서 나온 말로 '행복한 나라'라는 의미)에서 채택하고 있는 법률에 대해 이야기한다고 합시다. 마카렌스의 왕은 즉위식 때 천 파운드 이상의 금이나 은을 금고에 결코 보관하지 않겠다고 엄숙한 서약을 합니다. 이 제도는 국가의 복지를 왕 자신의 복지보다 더 돌보아 온 어느 훌륭한 왕에 의해 만들어졌다고 합니다. 그 왕은 이러한 제도가 국민이 가난해질 정도로 왕의 재산이 늘어나는 것을 방지할 것이라고 생각했으며, 또 보관하는 돈이 반란을 진압하고 침략을 물리치는 데에는 충분할 수 있지만, 왕이 외국 침략을 계획하는 데에는 충분치 못할 것이라고 생각했기 때문에 특정한 금액을 정해 놓았던 것입니다. 이것이 그가 이 제도를 만든 중요한 이유입니다. 또한 그 왕은 그렇게 제한함으로써 국민들이 거래 활동을 하는 데 돈이 원활하게 돌아갈 수 있을 것이라고 확신했으며, 백성들로부터 부당하게 돈을 거두어들이지 않게 될 것이라고 생각했습니다. 왜냐하면 법으로 정해진 일정한 국고금 이상의 돈이 들어오면 나머지 돈은 모두 지출해야 하기 때문입니다.

이런 왕은 악한 자들에게는 두려움의 대상이 되며, 선량한 사람들에게는 사랑의 대상이 됩니다. 그러나 이와는 정반대의 생각을 갖고 있는 왕들에게 제가 그러한 말들을 한다면 그들이 저의 말에 귀를 기울이리라고 생각하십니까?

모 어　　물론 귀를 기울이지 않겠지요. 그러나 저는 그들을 비난할 수도 없습니다. 솔직히 말해서 저는 왜 그런 말을 해야 하는지, 또는 라파엘 씨도 알다시피 그들이 결코 받아들일 수 없는 충고를 왜 하는지 그 점을 이해할 수 없습니다. 그런 말이 무슨 소용이 있을까요? 그들이 자신의 생각과는 전혀 다른, 잘 알려지지 않은 사상을 받아 주리라는 것을 어떻게 바랄 수 있겠습니까? 그런 종류의 이야기는 사적인 대화에서는 매우 재미있겠지만 주요 정책을 결정하는 내각 회의에서 그런 철학적 사색은 전혀 어울리지 않을 것입니다.

라파엘　　그것이 바로 제가 말하려고 했던 점입니다. 궁정에는 철학이 파고들 여지가 없습니다.

모 어　　현실을 고려하지 않은 학문이 들어갈 여지가 없다는 것은 확실합니다. 그러나 융통성 있는, 말하자면 궁정에 적용하려고 노력하고 당장의 실행에서 적절한 역할을 하는 더욱 실용적인 철학이 있습니다. 라파엘 씨가 그들에게 적용해야 할 철학이 이러한 종류의 것입니다.

　　같은 이론이 정치와 궁정 생활에도 적용됩니다. 귀하는 바람을 막을 수 없다는 이유만으로 폭풍우 속에서 배를 버리지는 못할 것입니다.

　　직접적으로 그들에게 충고하지 말고 간접적으로 하십시오. 가능한 한 모든 일을 요령껏 다루어야만 하며, 귀하가 바로잡을 수 없는 일에 대해서는 그 잘못된 점을 줄이도록 노력해야 합니다. 인간이 완전해질 때까지 세상은 결코 완전해지지 않을 것입니다. 그리고 인간이 완전해진다는 것은 참으로 기대하기 어려운 것입니다.

라파엘   그런 방법으로는 아무것도 이루지 못합니다. 미친 사람들을 고치러 다니다가 저도 마찬가지로 미쳐 버리게 되는 격이지요. 그러나 제가 진실을 말하려고 한다면, 지금까지 말했던 것들을 이야기해야 할 것입니다.

저는 철학자가 거짓말을 하는 것이 옳은지 그른지는 모르지만, 확실한 것은 저는 거짓말을 할 수 없다는 사실입니다. 게다가 비록 그들이 제가 말한 것 때문에 당황한다고 하더라도 저는 제가 말한 것이 정상에서 벗어난 환상이라고 생각해야 할 이유를 모르겠습니다. 저는 플라톤의 《국가》나 오늘날 유토피아에서 채택하고 있는 제도를 권하려는 것은 아닙니다. 확실히 그것은 우리들의 제도보다 더 훌륭하기는 하지만, 그 제도는 사유 재산 대신에 공동 소유에 근거를 두고 있으므로 그들에게는 매우 낯설 것입니다.

물론 그들은 저의 제안을 좋게 여기지는 않을 것입니다. 그들은 어떤 실제 행동에만 희망을 걸어왔기 때문에, 그 앞에 가로놓여 있는 위험을 지적하고 모든 일을 중단하라고 말하면 자연히 반박할 것입니다. 그러나 저의 충고는 모든 사회에 적용되는 것이며, 모든 사회가 당연히 그렇게 해야 할 것입니다.

분명 저는 내각 회의에서 아무런 성과도 거두지 못할 것입니다. 왜냐하면 저는 동료들에게 반대표를 던지거나 그렇지 않으면 찬성표를 던져야만 하는데, 어느 경우에나 저는 그들의 미친 짓을 확인하는 꼴이 될 것이기 때문입니다.

간접적으로 충고를 하고 사태를 바로잡을 수 없을 때에는 요령껏 처신하여 최대한으로 사태의 악화를 막으라는 당신의 말씀에 대해서 저는 이해할 수가 없습니다. 내각 회의에서는 다른 사람의 그릇된 견해에 대해 우물쭈물하거나 침묵을 지키는 것은 용납되지 않습니다. 그곳에서는 아무리 비열하고 해로운 결론이라 해도 지지해야 합니다. 열렬한 지지를 보이지 않는 자는 첩자나 반역자로 간주될 것입니다.

가장 훌륭한 사람의 감화를 받기는커녕 가장 훌륭한 사람조차도 악에 물들이는 그런 사람들 사이에서 무슨 훌륭한 일을 할 수 있겠습니까? 그곳에서는 동료들의 영향을 받아 악에 빠지든가 아니면 그들의 어리석음과 잘못을 못 본 체하든가 둘 중의 하나를 택해야 합니다. 그러므로 귀하가 말한 간접적인 방법으로 그들을 바른 길로 인도할 수는 없습니다.

모어는 라파엘에게 정치가에 대한 혐오감을 극복하고 철학자로서 국가를 위해 충고할 것을 제안하지만, 라파엘은 편법이 판치는 정치 상황에서 철학자가 통치자에게 충고를 해봤자 바보 취급만 당할 것이라면서 완강히 거절한다. 라파엘은 통치자가 영토를 확장하려는 욕망을 가지고 있거나, 왕실 재산을 늘리고자 하는 욕구를 가지고 있는 경우 어떠한 충고도 받아들여지지 않을 것이라고 구체적인 사례를 들어 설명한다. 라파엘은 올바른 정치란 왕의 재산 증식이 아니라 국민의 복지를 증진시키는 것이어야 함을 자신이 탐험해 본 '마카렌스'라는 나라의 제도를 예로 들어 설명한다.

그러나 모어는 라파엘의 제안이 너무나 이상적이어서 현실 정치에서는 받아들이기 힘들다고 주장한다. 국왕이 가지고 있는 생각이나 정치적인 현실을 고려하지 않은 채 근본적인 제도의 개선을 바라는 것은 비현실적이므로 실용적인 철학, 융통성 있는 철학을 요청한다. 그는 완전한 인간이란 존재하기 어렵고 따라서 완전한 사회도 존재하기 어렵기 때문에 라파엘의 이상은 현실에서 실현 가능하지 않다는 입장을 밝힌다.

그러나 라파엘은 간접적 충고나 요령껏 처신하는 태도는 현실 정치의 문제를 해결하기보다는 오히려 악화시키게 만들고 나아가서는 자신까지도 그들의 무리에 물들어 타협하게 만드는 길이라고 비판한다.

여기서 우리는 이 두 가지 다른 입장에 대해 생각해 보아야 한다. 과연 라파엘의 주장처럼 완전한 이상 국가를 추구하기 위해 현실 정치에 참여하지 않고 외면해야 할까? 아니면 모어의 주장처럼 현실 정치에 참여하여 실질적인 개선을 추구해야 할까? 올바르지 않은 사회를 개혁하는 방안이 참여를 통한 개선이냐 아니면 근본적인 변혁의 추구냐 하는 문제는 어느 사회에서나 항상 있어 왔던 문제이기 때문이다.

6. 사유 재산이냐 공유 재산이냐?

라파엘　그러나 모어 씨, 솔직히 말씀드리면 저는 사유 재산이 존재하고 모든 것이 돈에 따라 평가되는 사회에서 진정한 정의나 번영을 결코 실현시킬 수 없다고 생각합니다. 왜냐하면 가장 악한 부류의 사람들이 가장 좋은 것을 소유하는 것을 정의라고 할 수 없고, 극소수의 사람들은 온갖 행복을 누리지만 대부분의 사람들이 비참한 생활을 하는 것을 행복이라고 할 수는 없기 때문입니다.

저는 적은 조항의 법률만으로 모든 일을 효율적으로 다스리고 개인의 공적을 만인의 균등한 번영과 함께 생각하는 유토피아의 공정하고 올바른 제도를 생각해 봅니다. 항상 새로운 법률을 제정하면서도 잘 다스려지지 않고, 또한 매일 많은 법률이 통과되고 있는데도 여전히 이른바 사유 재산 제도의 안전함을 확인하지 못한 채 무한정한 소송 사건이 들끓는 수많은 자본주의 국가를 생각해 보십시오.

그럴 때 저는 더욱더 플라톤의 견해에 찬성하게 됩니다. 그가 모든 것을 똑같이 나누어 갖는 평등한 소유 제도를 거부하는 사람들을 반대했던 것은 그다지 놀라운 일이 아닙니다. 누구보다도 현명했던 그는 모든 국민들을 행복하게 하는 유일한 방법은 재산의 평등한 소유라는 것을 알고 있었던 것입니다. 자본주의 체제 아래에서 이런 평등한 소유 제도는 불가능할 것으로 보입니다. 왜냐하면 개개인의 능력에 따라 얼마든지 재산을 차지할 수 있다면, 재산이 아무리 많다 하더라도 반드시 소수의 수중에 들어가게 마련이며 이것은 그들 이외의 사람들은 누구나 몰락한다는 것을 의미하기 때문입니다.

그러므로 사유 재산 제도를 완전히 폐지하지 않는 한, 결코 공정한 재산의 분배나 인간 생활의 참된 행복을 실현시킬 수는 없으리라고 확신합니다. 사유 재산 제도가 존속하는 한, 대부분의 사람들은 빈곤과 고통의 짐에서 허덕일 수밖에 없을 것입니다. 이러한 짐을 가볍게 할 수 있는 방법은 있겠지만, 완전히 제거할 수는 없습니다. 물론 한 개인이 소유할 수 있는 돈이나 토지의 한도를 법으로 규정하고 적절한 법률에 의해 왕과 국민의 권리를 조절할 수는 있을 것입니다. 또한 법률에 의해 공무원들이 뇌물을 받지 못하게 하고 관직을 매매하지 못하게 할 수도 있으며, 지나치게 많은 경비를 쓰지 못하게 할 수도 있습니다. 이러한 종류의 법률은, 마치 만성병 환자가 끊임없는 투약으로 약간 회복되는 것처럼 분명히 증상을 완화시킬 수 있을 것입니다.

  그러나 사유 재산 제도가 존속하는 한 완치될 희망은 없습니다. 사유 재산이 인정되는 사회에서 어떤 악을 제거한다는 것은 또 다른 악을 발생시킨다는 것을 의미할 뿐입니다. 왜냐하면 어떤 사람에게 무엇인가를 주기 위해서는 반드시 다른 사람으로부터 빼앗지 않으면 안 되기 때문입니다. 즉, 어떤 사람에게 약이 되는 것은 다른 사람에게는 독이 되는 것입니다.

모 어   저는 귀하의 말씀에 동의할 수 없습니다. 저는 오히려 공동 소유 제도 아래에서는 행복한 생활이 불가능하다고 생각합니다. 착실히 일하려고 하는 자는 하나도 없을 것이므로 항상 결핍 상태에 놓여 있을 것입니다. 이윤 추구의 동기가 없으면 누구나 게을러져서 다른 사람이 자신을 위해 일해 주기를 바라게 됩니다. 그래서 실제로 물자가 부족할 때에는 유혈 사태와 난동이 끊이지 않고 일어날 것입니다. 왜냐하면 그 자신의 노동으로 얻은 것을 보호할 법적 수단이 없기 때문입니다. 특히 이런 사회에서는 권위에 대한 어떠한 존중심도 없기 때문에 더욱 그러할 것입니다.

라파엘   귀하는 제가 말하는 나라의 상태를 제대로 상상하지 못하기 때문에 그렇게 생각하는 것입니다. 그러나 만일 귀하가 나와 함께 유토피아에 가서 직접 그 나라를 보았더라면 – 아시다시피 저는 5년 이상을 그 나라에서 살았습니다 –, 누구보다도 먼저 그처럼 훌륭한 제도를 가진 나라를 본 적이 없다는 것을 인정할 것입니다.

피 터　죄송하지만 저는 신세계가 구세계(유토피아가 신세계라면 유럽 사회는 구세계라는 의미로 쓰인 말)보다 더 좋은 제도를 가졌다는 것을 믿기가 어렵군요. 저는 우리도 그들과 마찬가지로 총명하며, 우리의 문화가 더 오래되었다는 점을 고려하지 않을 수 없습니다. 구세계는 오랜 경험의 결실이며, 우리는 지금까지 생활을 더욱 안락하게 하는 여러 가지 제도를 발전시켜 왔다고 생각합니다. 인간의 지혜로는 발견하기 힘든 우연한 발견은 제외하더라도 말입니다.

라파엘　유토피아의 역사책들을 읽었더라면 귀하는 그들의 문화가 얼마나 오래되었는가를 더 잘 알 수 있었을 것입니다. 이 역사책들에 따르면, 구세계에서 인간 생활이 시작되기 이전에 이미 신세계에는 도시가 있었습니다. 또 귀하가 말씀하신 총명함이나 우연한 발견을 우리가 독점하고 있다고 생각해야 할 이유는 없습니다. 우리가 그들보다 더 총명하든 그렇지 않든 간에, 저는 열성과 근면이라는 점에서 그들이 우리보다 훨씬 앞서 있다고 확신합니다.

　그들의 기록에 의하면, 그들은 우리가 그곳에 상륙하기 전까지는 그들이 우리를 지칭해서 이름 붙인 적도선 밖의 사람들과는 접촉한 적이 없었습니다. 단 한 번의 예외가 있었습니다. 1200년 전에 배가 폭풍우 속에서 항로를 잃고 유토피아 해안에서 난파하여 소수의 생존자가 해안으로 헤엄쳐 왔습니다. 로마인과 이집트인 몇 명이었는데, 그들은 영구히 그 나라에 정착해 버렸습니다.

그런데 다음 이야기를 들으면 그들이 우연한 기회를 얼마나 잘 이용하는가를 알게 될 것입니다. 그들은 생존자들로부터 로마 제국에서 사용되는 유익한 기술을 하나도 빠짐없이 배웠습니다. 그들은 우리 세계와 단 한 번의 접촉을 통해서도 모든 것을 배운 것입니다.

그들은 우리를 만나자, 즉시 유럽 사람들이 만들어 낸 유용한 문명을 모조리 배웠습니다. 그러나 우리에게 그런 행운이 왔을 경우 과연 우리가 우리의 것보다 훌륭한 그들의 모든 것들을 그토록 빨리 배울 수 있을지 의심스럽습니다. 저는 그들이 지능이나 자연 자원이 우리와 비슷함에도 불구하고, 정치적으로나 경제적으로 우리보다 훨씬 앞서 있는 것은 배움에 대한 이러한 자세 때문이라고 생각합니다.

모 어　그렇다면 라파엘 씨, 제발 그 문제의 섬에 대해 좀 더 들려주십시오. 너무 요약하려고 하지 마십시오. 지리적·사회적·정치적 및 법적인 모든 관점에서 그 섬에 대해 상세히 설명해 주십시오. 귀하께서는 정말로 우리가 알고 싶어 하는, 다시 말해서 우리가 알지 못하고 있는 모든 것을 들려주시기를 부탁드립니다.

라파엘　그것보다 더 즐거운 일은 없을 것입니다. 모든 일이 아주 생

생하게 기억 속에 남아 있으니까요. 그러나 시간이 걸릴 것이니 이
해해 주십시오.

모 어   좋습니다. 우선 점심을 듭시다. 그리고 나서 오후에는 그 이
야기만 듣기로 합시다.

라파엘   그렇게 하죠.

그래서 우리는 집 안으로 들어가 점심을 먹었다. 식사 후 우리는
그 장소로 돌아와 같은 벤치에 앉아서, 하인에게 아무도 들여보내지
말라고 일러두었다. 그리고 피터 자일스와 나는 라파엘에게 약속을
지키라고 요청했다. 우리가 정말로 듣고 싶어 한다는 것을 알고, 그
는 잠시 동안 생각을 가다듬더니 이야기를 시작했다.

여기서 라파엘은 공정하고 평등한 세상을 이루려면 공유 재산 제
도가 전제되어야 한다고 말한다. 사유 재산을 인정하는 사회는 재산
을 소유한 '소수'의 행복만을 보장할 뿐이기 때문에 진정한 정의를
실현시킬 수 없다는 이유에서다. 그는 모든 것을 똑같이 나누어 갖
는 평등한 소유 제도야말로 모든 국민을 행복하게 만들어 준다고 확
신한다. 그래서 그런 제도를 가장 잘 실현하는 곳으로 유토피아 섬을
예로 든다.

이에 대해 모어와 피터 자일스는 개인적인 이익이 없는 사회에서

는 착실히 일하려는 사람이 하나도 없을 것이기 때문에 물자의 결핍 상태에 빠지게 되고, 관리나 사회 지도층의 권위마저 사라져 도리어 인간들은 불행해질 것이라고 반론을 편다.

그러나 라파엘은 자신이 유토피아 섬에서 5년을 살아 본 결과 공유 제도를 시행하고 있는 유토피아 사람들에게서는 모어 등이 우려하는 문제점이 전혀 나타나지 않았다고 말한다. 이렇게 해서 이야기의 중심은 자연스럽게 유토피아 섬에 대한 묘사로 이어지게 되면서 제1권이 마무리된다.

여기서 우리가 생각해 볼 문제는 라파엘과 모어가 논쟁을 벌인 사유 재산 제도와 공유 재산 제도다. 오늘날에도 공유 재산 제도는 소련을 비롯한 사회주의 국가들에서 실험된 바 있고, 모어가 주장한 대로 이윤 동기의 결핍과 사회적 관리의 허점으로 소련 등 동구권 사회주의 국가는 역사 속에서 사라졌다. 그러나 우리가 살고 있는 자본주의 사회에서 볼 수 있듯, 사유 재산 제도가 양산하는 빈부 격차, 인간 소외, 자연 파괴 등의 문제들은 여전히 해결되지 않고 남아 있다.

그렇다면 인류가 추구해야 할 가장 이상적인 사회는 어떤 모습이어야 할까? 이 문제에 대한 답을 제2권에서 소개될 유토피아 세계를 보며 함께 찾아보자.

제 2 권

유토피아, 가장 살기 좋은 나라

제2권
유토피아, 가장 살기 좋은 나라

《유토피아》제2권에서 토마스 모어는 이상적인 사회 유토피아의 모습을 상세히 묘사하고 있다. 모어가 그린 유토피아 섬은 어떤 특징을 가진 사회인가?

유토피아의 가장 큰 특징은 왕정이던 당시의 영국에서는 꿈꿀 수도 없었던 민주주의 국가라는 점이다.

유토피아 사람들은 자신들의 대표를 선거로 선출하며 그 대표들은 시민의 의사에 반하여 의사 결정을 할 수 없다. 또한 유토피아는 모든 물건을 모든 사회 구성원들이 함께 소유하는 공유 재산 제도를 시행하는 사회다. 그러나 이 공유 재산 제도로 인해 사람들이 게으르거나 일을 기피하지 않으며 하루 여섯 시간의 노동만으로도 모든 사람이 풍족하게 산다. 또한 도시와 농촌 사이에 노동을 의무적으로 교대하고 인간의 자발성과 창의성을 최대한 존중하며 종교의 자유, 사상의 자유뿐만 아니라 사회 복지나 의료 복지도 완전하게 실현하는 사회다.

토마스 모어가 이러한 유토피아를 그리게 된 이유는 무엇이었을까? 그는 당시 영국 사회의 법과 제도, 관습이 국민 대다수를 억압하고 가난으로 몰아넣는다고 생각했다. 그래서 그는 영국 사회를 보다 나은 사회로 만들기 위한 염원에서 《유토피아》를 썼다. 《유토피아》는 이렇게 당시의 영국 사회를 배경으로 지은 책이었지만 500년이라는 세월을 뛰어넘어 오늘날까지도 놀랄 만한 의미를 제공하고 있다. 그런 점에서 그의 통찰은 시대의 벽을 넘어 인류의 보편적인 가치를 추구했다고 할 수 있다.

1. 사유 재산이 없는 작은 나라

1) 유토피아의 지형

유토피아 사람들이 사는 섬은 중앙 부분이 가장 넓은데 그 폭은 약 200마일(약 320㎞) 정도가 됩니다. 섬 전체는 끝 쪽을 제외하고는 대체로 같은 폭을 갖고 있으며, 양쪽 끝으로 갈수록 둥글게 구부러지면서 차차 좁아집니다. 그러므로 이 섬은 초승달 모양을 하고 있고, 약 11마일(약 17㎞) 정도 떨어진 양 끝 사이로 바닷물이 들어와 거대한 호수를 이루고 있습니다. 따라서 섬 내부 전체가 항만 구실을 하고, 섬 어디로나 배로 건너갈 수 있기 때문에 주민들에게는 매우 편리합니다.

이 항만 입구는 수많은 암초와 모래톱으로 가득 차 있습니다. 그리고 그 중앙에는 커다란 바위 하나가 솟아 있으며 그 위에 탑을 세워 항상 경비대를 배치하고 있습니다. 그러나 다른 바위들은 물속에 잠겨 보이지 않기 때문에 매우 위험합니다. 오직 유토피아인만이 항로를 알고 있어서, 유토피아인 안내자 없이 외국 배가 항구에 들어 간다는 것은 실제로 불가능합니다. 만일 해안에 세워진 일종의 표시 가 없다면, 유토피아 사람들조차도 항만으로 들어가는 것이 위험합 니다. 따라서 유토피아 사람들이 단지 이 표시를 바꾸기만 해도 아무 리 많은 적의 전함이라도 유인해서 파괴시킬 수 있을 것입니다.

그러나 유토피아는 원래 섬이 아니라 반도였습니다. 원래의 이름 은 아브락사(Abraxa, 옷을 입지 않은 사람들, 즉 '야만인들의 나라'라는 뜻)였는 데, 유토푸스(Utopus)가 이 반도를 정복한 이후로 현재의 명칭인 유토 피아로 불리게 되었습니다. 그는 통치를 시작하자마자 즉시 유토피 아를 대륙에서 분리시키기 위해 육지와 연결된 15마일(약 24㎞) 넓이 의 땅을 파내서 섬으로 만들었습니다. 그는 원주민들에게만 일을 시 키면 원한을 사게 될 것을 염려해서 자신의 군대도 이 공사에 전부 투입하였습니다.

2) 농촌과 도시 생활

유토피아 섬에는 같은 언어, 법률, 관습, 제도를 가진 54개의 훌륭 한 도시가 있습니다. 이 도시들은 전부 같은 설계에 따라 건설되었 고, 지형이 허락하는 한 똑같이 보이도록 건설되었습니다. 한 도시에서 다른 도시까지의 거리는 24마일(약 38km)이고, 아무리 먼 곳이라도 하루에 걸어갈 수 있는 거리입니다. 각 도시는 나이가 많고 경험이 풍부한 시민 중에서 세 사람을 뽑아 아마우로툼(Amaurotum, '안개의 도시'라는 뜻으로 런던을 비유한 표현)의 연례 회의에 보내서 섬의 여러 가지 문제를 토의하게 합니다. 아마우로툼은 유토피아의 수도로 인정되는 곳인데, 어느 도시에서나 접근이 편리하도록 나라의 중앙에 위치해 있습니다.

농촌에는 적절한 거리를 두고 집들이 있는데, 집들마다 농사 도구가 갖추어져 있으며, 도시 주민은 교대로 이 집에 살러 옵니다. 집은 각기 40명의 어른들을 수용할 수 있고, 두 명의 노예가 고정 배치되어 있으며, 믿음직스럽고 나이 많은 부부가 집을 관리하고 있습니다. 그리고 30채의 농가마다 관리를 맡고 있는 필라르쿠스(Phylarchus, 족장이라는 뜻에서 나온 말로 '지역 관리인'을 뜻함)가 한 명씩 있습니다.

각 농가에서는 매년 농촌에서 2년을 지낸 20명이 도시로 돌아가고, 다른 20명이 새로 옵니다. 이렇게 새로 온 사람들은 이미 1년간 농사일을 한 경험이 있어서 농사에 대해 더 잘 알고 있는 사람들로부터 농사 기술을 배우고, 다음 해에는 이들이 다시 새로 온 사람들을 가르치게 됩니다. 그렇게 함으로써 농사일이 서툴러 농작물 생산에 지장이 일어나지 않도록 합니다. 그들은 일반적으로 2년 동안 농사일에 종사합니다. 2년이 지났어도 농사일에 즐거움을 느끼는 사람들은 특별한 허가를 받아 몇 년 동안 더 머물러 살 수도 있습니다.

농부들은 땅을 경작하고 가축을 키우며 나무를 베어내고, 그것들을 육로나 수로를 통해 도시로 수송하는 책임을 집니다. 또한 그들은 매우 특별한 방법으로 아주 많은 닭들을 기르고 있습니다. 암탉이 달걀을 품어 부화시키는 대신에 달걀을 일정한 온도에 두어 한꺼번에 수십 개의 알을 부화시켜 병아리를 만듭니다.

유토피아에서는 말을 많이 기르지는 않지만 승마 연습에 사용할 기질이 순한 말을 기르고, 밭갈이나 짐마차를 끄는 일은 소들이 맡아서 합니다. 소는 말처럼 빨리 달리지 못하지만 튼튼하고 병에 잘 걸리지 않으며, 손이 덜 가고 사육 비용도 적게 들며, 일을 못하게 되었을 때에는 식용으로도 쓸 수 있기 때문입니다.

밀은 빵을 만드는 데만 사용됩니다. 왜냐하면 그들은 맥주 대신 포도주, 사과술, 배술 또는 물을 음료수로 마시기 때문입니다. 각 도시의 시 당국은 전체 도시의 연간 식량 소비량을 아주 정확하게 계산하지만, 언제나 필요량을 초과하여 밀을 거두고 가축을 기르기 때문에 이웃 나라 사람들에게 나누어 줄 만큼 남아돕니다.

농촌에서 구할 수 없는 물품들은 도시에서 구해 옵니다. 매달 한 번씩 휴일이 있고, 이때 대부분 도시로 나가기 때문입니다. 도시의 관리들에게 원하는 것을 요청하면 관리들은 아무런 대가도 받지 않고 무상으로 공급해 줍니다.

곡식을 거두어들일 때가 되면, 필라르쿠스는 시 당국에 필요한 임시 노동력이 어느 정도인가를 알립니다. 그러면 지정된 날에 정확히 요구한 만큼의 사람들이 농촌으로 오게 되며, 날씨만 좋으면 하루 만에 모든 추수를 끝낼 수 있습니다.

이제부터는 도시들에 대해 좀 더 자세히 말씀드려야겠습니다. 각 도시는 지형이 다른 경우를 제외하고 거의 같기 때문에 도시들 중의 하나만 보면 전부를 본 것이나 다름없습니다. 그러므로 나는 한 도시를 예로 들겠습니다. 이 중에서, 유토피아의 수도이며 제가 5년 동안 살았던 아마우로툼을 선택하는 것이 좋을 것 같습니다.

아마우로툼은 완만하게 경사진 언덕 중턱에 있으며, 거의 정사각형 모양입니다. 그 폭은 산꼭대기로부터 아니드루스(Anydrus, '물 없는 강'이라는 뜻) 강까지 약 2마일(약 3.2km)이며, 길이는 2마일이 약간 넘고 강기슭이 경계가 되고 있습니다.

아니드루스 강은 80마일(약 120km) 위쪽의 작은 샘에서 시작하지만 아마우로툼에 이를 때에는 몇 개의 작은 하천이 합류하여 이미 그 폭은 50야드(약 45km) 이상입니다. 60마일(약 96km) 떨어진 바다에 닿을 때까지 그 폭은 점점 더 넓어집니다.

이 강 위에는 화려한 아치형의 다리(런던브리지를 비유한 표현)가 놓여 있는데, 나무가 아니라 돌로 만든 다리입니다. 이 다리는 배들이 강을 따라 도시까지 들어올 수 있도록 바다에서 육지 방향으로 가장 먼

유토피아

1518년 바젤에서 출간된 《유토피아》에 실린 삽화로 유토피아 섬을 나타내는 가상의 지도. 왼쪽 하단부를 보면 라파엘이 유토피아 섬을 가리키며 설명하고 있고, 중앙에는 아마우로툼과 아니드루스 강이 표시되어 있다.

끝부분에 놓여 있습니다.

　아마우로툼에는 또 하나의 강이 있는데, 그리 크지는 않지만 아주 잔잔하고 아름답습니다. 이 강은 아마우로툼 도시가 있는 언덕에서 시작하여 시가지 한가운데를 흘러내리다가 아니드루스 강에 합류됩니다. 이 강이 시작하는 샘은 도시의 성벽으로 둘러싸여 있기 때문에 침략을 받았을 때에도 적군이 이 강물의 수로를 끊거나 도시 밖으로 돌릴 염려가 없고 독약을 탈 수도 없습니다. 이 강물은 벽돌로 만든 관을 통해 도시의 낮은 지역으로 흘러갑니다.

　아마우로툼은 두텁고 높은 성벽으로 둘러싸여 있으며, 성벽 위에는 적을 물리치기 위한 망루와 진지가 많이 있습니다. 성벽의 세 벽면에는 바깥으로 호를 파 놓았는데, 물은 없으나 매우 넓고 깊으며 가시덤불이 무성하게 자라 있습니다. 나머지 한 면은 강이 호의 역할을 하고 있습니다. 시가지는 교통과 방풍(防風)에 알맞도록 세밀히 계획되었습니다. 건물은 가지런히 연이어 마주 서 있기 때문에 아주 인상적입니다.

　이쪽 주택과 맞은 편 주택 사이에는 20피트(약 6m) 폭의 도로가 있으며, 주택 뒤에는 큰 정원이 있습니다. 집에는 각기 시가지로 향하는 앞문과 정원으로 나가는 뒷문이 있으며, 문은 양쪽 여닫이로 되어 있는데 잘 열리고 저절로 닫히므로 누구나 그 문을 통해 쉽게 드나들 수 있습니다. 그러니까 사유 재산 따위는 없는 셈입니다. 사람들은

10년마다 제비를 뽑아 집을 바꾸어 가며 살고 있습니다.

시민들은 포도나무와 풀, 꽃 등이 자라는 정원을 아주 좋아하며 정성껏 가꿉니다. 사실 나는 이 도시의 정원보다 아름다운 정원을 본 적이 없습니다. 아마우로툼 시민들은 능숙한 정원사들입니다. 그들이 원예를 즐기기 때문이기도 하지만, 마을별로 정원 가꾸기 경쟁이 있기 때문이기도 합니다. 정원을 가꾸는 것만큼 이 도시의 시민들에게 즐거움과 유익함을 주는 것은 아마도 없을 것입니다.

이 도시의 창설자 유토푸스는 통치하자마자 처음부터 모든 도시의 설계를 했다고 합니다. 그러나 도시를 아름답게 가꾸고 완성하는 일은 후대에게 맡겼다고 합니다. 도시 건설은 그 시대만으로 완성될 수 없다는 것을 그는 알고 있었기 때문입니다.

정복 이후 1760여 년에 걸쳐서 언제나 치밀하게 기록해 온 그들의 역사 기록에 의하면, 최초의 집은 손쉽게 구할 수 있는 나무로 지은 작은 오두막집이었습니다. 벽은 진흙으로 바르고 지붕은 짚으로 만들었다고 합니다. 그러나 오늘날의 집은 모두 3층 건물이며, 벽의 바깥쪽은 단단한 돌이나 벽돌로 되어 있고 벽 안쪽은 자갈과 석회로 채웠습니다. 지붕 한쪽은 비스듬하게 지평선을 향해 치켜져 있고, 특수하지만 값이 아주 싼 석고 같은 재료로 덮여 있는데, 이것은 함석보다도 비바람에 더 잘 견디며 또한 불에 견디는 힘도 강합니다. 유토피아 사람들은 창문을 유리로 만들어 바람이 들어오지 못하게 하는데, 때로는 깨끗한 기름을 바른 엷은 삼베 발을 쳐서 햇빛은 잘 들되 바람은 막는 두 가지 효과를 거둡니다.

3) 민주적 행정 조직

이제 유토피아의 행정 조직에 대해 말씀드리겠습니다. 유토피아에서는 30세대가 한 단위를 이루고 있으며, 한 단위당 매년 한 명의 공무원이 선출됩니다. 옛날에는 그 공직자를 시포그란투스(Syphograntus, '통치자'라는 뜻)라고 불렀으나, 지금은 필라르쿠스라고 부릅니다. 그리고 시포그란투스 열 명이 관리하는 세대마다 한 명의 관리가 있는데, 이 관리를 트라니보루스(Traniborus, 직역하면 '벤치에서 음식을 먹는 자'란 뜻인데, 당시에는 고위 관리들을 'bencher'로 부른 것에서 연유한 말이다.) 혹은 프로토필라르쿠스(Protophylarchus, '최고 지역 관리인'이라는 뜻)라고 합니다.

각 도시에는 200명의 시포그란투스가 있으며, 그들은 시장 선출의 책임을 지고 있습니다. 그들은 가장 자격이 있다고 생각하는 사람에게 투표할 것을 엄숙히 서약한 후에 비밀 투표로 시장을 선출합니다. 시장은 도시를 4등분한 네 곳의 주민에 의해 선출된 네 명의 후보자 중의 한 사람이 됩니다. 각 구(區)에서는 후보자를 선출하여 트라니보루스 회의에 통보합니다. 시장은 독재를 하려고 한다는 혐의를 받지 않는 한, 죽을 때까지 관직에 머무르게 됩니다. 트라니보루스는 해마다 선출되지만 보통은 바뀌지 않습니다. 기타 도시 관리의 임기는 1년입니다.

3일마다 또는 필요하면 더 자주, 트라니보루스들은 시장과 회의를 열어 공동 문제를 토의하고, 아주 드물게 발생하긴 하지만 개인 간에 일어난 분쟁을 신속히 해결합니다. 그들은 언제나 두 명의 시포그란투스를 회의에 초대하는데 매번 다른 사람들을 초대하며, 공공에 영향을 미치는 문제는 3일간 토의한 다음에 최종 결정을 내려야 한다는 규칙이 있습니다.

공공의 문제를 트라니보루스 회의나 또는 시포그란투스 총회 이외의 곳에서 토의하면 사형을 받습니다. 그렇게 하는 이유는 시장과 트라니보루스들이 공모하여 시민의 희망을 무시하거나 국가 체제를 변경시키는 일을 방지하기 위한 것입니다. 이런 이유로 모든 중요한 문제는 시포그란투스 총회에 회부되며, 시포그란투스는 자신이 맡고 있는 세대 전체에 문제를 설명하고 그에 대해 그들과 함께 토의한 후에 그들의 의견을 트라니보루스 회의에 보고합니다. 때로는 섬 전체 회의에 회부되는 경우도 있습니다.

또한 어떠한 안건도 그것이 처음으로 제출되는 날 토의해서는 안 된다는 규칙이 있습니다. 토의를 다음 회의로 연기해 놓는 것은 그것을 깊이 생각하도록 하기 위한 조치입니다. 그렇지 않으면 어떤 사람이 순간적으로 떠오르는 생각을 쉽게 말하고서는, 사회를 위해 최선의 방안을 결정하려고 노력하는 대신에 자신의 발언을 정당화하기 위해 힘을 쏟을 수 있기 때문입니다. 그런 사람들은 다음 회의에서 자기의 발언을 취소하든지 자기의 견해를 바꾸게 되면, 다른 사람들로부터 조심성 없고 통찰력 없는 인간이라는 비난을 듣는 것이 두려워 공공의 이익을 희생시켜서라도 자신의 체면을 세우려 합니다.

이 장은 유토피아 섬에 대한 개괄적 설명을 이루는 부분으로, 유토피아의 지형, 도시와 농촌, 행정 조직 등이 비교적 자세히 묘사되어 있다. 특히 흥미로운 점은 유토피아가 영국을 그 모델로 삼았다고 추론할 수 있는 몇 가지 실마리들을 이 장에서 발견할 수 있다는 것이다.

무엇보다 유토피아는 사방이 바다로 둘러싸인 섬이라는 점에서 영국의 지형적 특성과 일치한다. 또한 유토피아의 54개 도시는 영국의 도시 수와 같고, 안개의 도시라는 뜻을 지닌 유토피아의 수도 아마우로툼은 런던을 비유한 것에 다름 아니다. 즉, 유토피아란 다름 아닌 토마스 모어가 살던 당시 영국을 모델로 해서 상상한 사회이며 토마스 모어가 영국 사회의 개혁을 바라면서 그려 낸 의도적 장치라고 할 수 있다.

그렇다면 이러한 의도로 탄생된 유토피아의 사회 형태는 무엇인가? 유토피아는 모든 국민이 노동을 하고 노동 생산물을 공유하고 배급하는 사회다. 이는 일종의 원시 공산주의 사회인데, 오늘날의 사회주의 사회와는 몇 가지 점에서 다르다. 먼저 유토피아는 철저한 민주주의에 기반을 둔 사회로, 국민의 대표는 일정 기간에 한 번씩 선거에 의해 선출되고 높은 도덕성을 요구받는다. 이 점에서 집단지도 체제인 프롤레타리아 독재와는 거리가 있다.

다음으로 유토피아는 철저하게 자급자족의 생활 기반을 갖춘 사회다. 자급자족을 위해 유토피아인은 모두가 한 가지 이상의 기술을 갖추고 일을 해야 하며, 농촌과 도시를 2년마다 돌아가며 생활한다. 이러한 모습은 무역과 공업 생산력을 바탕으로 하는 오늘날의 사회주의 사회와는 상당한 거리가 있다.

그리고 유토피아는 철저한 지방자치 제도를 시행하는 사회다. 30세대라는 작은 단위를 바탕으로 대표(공직자)를 선출하고, 이들이 모여 시장이나 국가 지도자를 선출한다. 또한 국가의 중요한 안건은 신중한 토론을 통한 민주적인 상향식 의사 결정 방식을 통해 결정된다. 만일 일부 지도자 그룹이 국가 체제나 의사 결정 구조를 바꾸려 들면 바로 탄핵된다. 이것 역시 오늘날 사회주의가 행정부와 의회를 분리하고 집단지도 체제에 의한 독재를 행하는 것과는 다른 점이다.

이렇게 공동 소유제에 기반한 민주주의 정치 체제가 가능하도록 모어는 유토피아를 크지 않은 영토와 적은 인구로 구성된 작은 공동체 국가로 설정하고 있다. 바로 이 때문에 유토피아 사회를 거대한 현대 국가에서 그대로 실현하기는 어려울 것이다. 여기에 유토피아의 구조적인 한계가 있다.

그러나 이러한 약점에도 불구하고 유토피아는 현대 사회에서도 신중히 검토할 필요가 있는 바람직한 제도들을 보여 주고 있는데, 앞으로 이것들을 하나하나 확인할 수 있을 것이다.

2. 노동을 즐기는 사회

이제 그들의 직업에 대해 말해 봅시다. 남녀를 구별하지 않고 시민이면 누구든지 하는 일이 있는데, 그것은 바로 농업입니다. 농업은 아동 교육의 필수 과목입니다. 어린이는 학교에서 농업의 원리를 배우며 정기적으로 도시에서 가까운 들로 나가서 실습을 합니다. 그들은 농사짓는 것을 견학할 뿐만 아니라 직접 일을 하기도 합니다. 또한 모든 사람들은 필수적인 농업 이외에도 각기 특수한 기술을 배워야 합니다. 양모나 삼베를 짜는 기술을 배우거나 석공, 철공, 또는 목공이 되기 위한 특수 직업 교육을 받습니다.

이 섬에서는 남자인가 여자인가, 기혼인가 미혼인가에 따라 약간의 차이는 있지만 누구나 같은 종류의 옷을 입기 때문에 양복점이나 양장점은 없으며, 옷의 모양도 전혀 바뀌지 않습니다. 이 옷은 보기에도 좋고 움직이기에도 편할 뿐 아니라 더위나 추위를 가리지 않고 입을 수 있습니다. 게다가 놀라운 것은 이 옷을 모두 가정에서 만든다는 점입니다.

그리고 각자는 앞서 말한 기술 중의 하나를 배웁니다. 이 점에 있어서는 남녀의 구별이 없습니다. 다만 힘이 약한 여자들은 직물 제조와 같은 쉬운 일을, 남자는 힘든 일을 배웁니다. 대부분의 어린이들은 자랄 때부터 자기 부모가 하는 일을 배웁니다. 부모가 하는 일에 자연스럽게 친숙하기 때문입니다. 그러나 어린이가 다른 기술을 좋아한다면, 그 어린이는 그 일을 하고 있는 다른 집에 입양됩니다. 물론 아버지뿐 아니라 지방 행정 당국도 양아버지가 점잖고 존경할 만한 인물인가에 대해서 세심한 검토를 합니다. 한 가지 기술을 충분히 익히고 난 다음에 본인이 원하면 다른 기술을 배울 수 있습니다. 그리고 두 가지 기술에 대해 전문가가 되었을 때는 도시에서 공공의 이익을 위해 어떤 일에 종사하기를 요구받지 않는 한, 각자가 자신이 좋아하는 일에 종사할 수 있습니다.

시포그란투스가 주로 하는 일은 빈둥거리고 노는 자가 없이 누구나 자신의 직업에 열중하도록 관리하고 돌보는 것입니다. 그러나 그들은 마치 짐마차를 끄는 말처럼 이른 아침부터 밤늦게까지 심하게 일을 시켜서 시민들을 지치게 하지는 않습니다. 그것은 노예 상태인 것입니다. 그런데 유토피아 이외의 거의 모든 나라에서 노동자 계급은 바로 노예 상태의 생활을 하고 있는 것입니다.

유토피아 사람들은 하루에 여섯 시간만 일을 합니다. 오전에 세 시간 일한 다음 점심을 먹고, 두 시간 동안 휴식을 취하고 나서 오후에

다시 세 시간 일하고 저녁을 먹습니다. 그들은 저녁 여덟 시 무렵에 잠자리에 들며 여덟 시간 잡니다. 그 나머지 시간은 원하는 대로 자유롭게 보낼 수 있습니다. 매일 아침 일찍 공개 강좌가 열리기 때문에, 대부분의 사람들은 이 여가 시간을 더 많은 교육을 받는 데 사용합니다. 학술 연구를 위해 선발된 사람들을 제외하고는 강좌를 듣는 것은 자발적인 것이지만, 계급이나 남녀의 구별 없이 강좌를 들으려고 몰려듭니다. 사람들은 각기 자기의 취향에 맞는 강좌를 듣습니다. 그러나 원한다면 이 여가 시간에도 자기의 일을 계속할 수 있습니다. 지적 활동에 재능이 없는 많은 사람들이 이렇게 하고 있으며, 이 일은 사회를 위한 봉사라는 찬양을 받습니다.

저녁을 먹은 다음 그들은 여름에는 정원에서, 겨울에는 공동 식당에서 한 시간 정도 오락을 즐깁니다. 어떤 사람은 음악을 감상하고, 어떤 사람은 단지 이야기를 즐깁니다. 그들은 주사위 놀이 따위의 어리석고 퇴폐적인 놀이에 대해서는 들은 적도 없으나, 서양 장기 비슷한 두 가지 놀이를 합니다. 하나는 수(數)로 수를 빼앗는 산술 놀이이고 다른 하나는 선과 악이 싸우는 놀이입니다. 선과 악이 싸우는 놀이는 선과 악이 정정당당하게 싸우는 놀이를 말하는데, 악 상호 간에는 갈등이 있지만 선에게 대항하게 되면 악이 서로 단결한다는 것을 가장 선명하게 보여줍니다. 이 놀이는 어떤 악이 어떤 선에 대립하는가, 악이 직접 공격을 하면 어느 정도의 힘을 발휘하는가, 악은 어떠한 간접적 책략을 쓰는가, 선은 악을 극복하기 위해 어떠한 도움이 필요한가, 악의 공격을 격퇴하는 최상의 방법은 무엇인가, 그리고 선 또는 악의 승리를 궁극적으로 결정하는 것은 무엇인가 하는 점들을 보여 주도록 잘 만들어졌습니다.

그런데 특별히 주의가 필요한 사항이 있습니다. 그렇지 않으면 잘 못 생각하기 쉽습니다. 유토피아에서는 하루에 여섯 시간만 일하므로 틀림없이 필수품이 모자랄 것이라고 생각할 수도 있지만, 사실은 반대입니다. 노동 시간은 여섯 시간으로 충분하며, 오히려 안락한 생활에 필요한 모든 것을 초과 생산하고 있습니다. 다른 나라에서는 얼마나 많은 사람들이 일을 하지 않고 있는가를 생각해 본다면 그 이유를 쉽게 이해할 수 있을 것입니다.

먼저 다른 나라에서는 실제로 인구의 반을 차지하는 여자들이 모두 놀고 있습니다. 그리고 여자들이 일을 하는 나라에서는 그 대신 남자들이 게으름을 피우는 경우가 많습니다. 또한 성직자라든지 수도회의 수도자들이 있습니다. 이들이 얼마나 일을 합니까? 게다가 부자들, 특히 일반적으로 귀족이나 신사로 알려진 지주들, 그리고 쓸모도 없는 깡패들에 불과한 그들의 가신들이 있습니다. 끝으로 아주 건장하고 병이 없으면서도 게으름을 피우며 병든 척하는 거지들을 들수 있습니다. 이러한 자들을 모두 헤아려 볼 때, 실제로 소수의 사람들만이 생산하는 일에 종사한다는 사실에 놀라지 않을 수 없습니다.

이와 같이 중요하지 않은 직업에 종사하는 자들과 일하지 않고 게으름을 피우는 자들을 모두 가려내서 전부 쓸모 있는 일에 종사시킨다면, 하루의 노동 시간이 적더라도 생활 필수품과 편의품을 충분히 공급할 수 있다는 것을 곧 알 수 있습니다. 여기에 진정으로 자연스러운 즐거움을 주는 물건도 포함시킬 수 있겠지요.

유토피아는 이러한 사실을 스스로 입증하고 있습니다. 유토피아에서는 도시나 도시 주변의 농촌에 사는 신체 건강한 남녀 중, 일상적인 노동이 면제되는 사람이 많아야 500명 남짓입니다. 여기에는 시포그란투스도 포함되는데, 이들은 법적으로 노동이 면제되어 있으나 모범을 보이기 위해 자발적으로 일을 하고 있습니다. 또한 다른 의무는 영구히 면제되고 오직 학문 연구에만 전념하는 사람들도 있습니다. 이러한 특권은 성직자의 추천을 얻어 시포그란투스의 비밀 투표로 승인을 받아야 허용됩니다. 그러나 이러한 학자들도 성과가 만족스럽지 못하면 노동 계급으로 돌아갑니다. 육체노동자가 자유 시간을 이용해 열심히 연구하여 훌륭한 학문적 성과를 이룩하면 노동을 면제받고 학자 계급으로 승격되는 일도 드물지 않습니다. 외교관, 성직자, 트라니보루스, 그리고 물론 시장도 이 학자 계급에서 나옵니다. 예전에는 시장을 바르자네스(Barzanes, '매우 현명하고 학식이 뛰어난 사람'을 의미)라고 불렀으나 요즈음에는 아데무스(Ademus, '다스릴 사람이 없는 자'라는 뜻)라고 부릅니다.

국민 중 직업을 갖지 못하거나 비생산적인 일에 종사하는 사람이 거의 없기 때문에 적은 시간을 들여 좋은 물품을 풍부하게 생산해 낼 수 있다는 것을 쉽게 짐작할 수 있습니다. 또한 그들은 우리들보다 노력을 덜 들이면서도 꼭 필요한 일만을 하기 때문에 노동 시간이 감소됩니다.

한 가지 예를 들어, 옷을 만들 때 노동력을 얼마나 절약하는가를 관찰해 봅시다. 작업복은 헐렁한 가죽 옷인데 적어도 7년 동안은 입을 수 있습니다. 외출할 때에는 작업복 위에 망토를 걸쳐 거친 작업복을 가립니다. 망토의 색깔은 똑같으며 모직물의 자연색 그대로입니다. 그래서 유토피아 사람들의 모직물 소비량은 세계 최저이며, 그 가격도 가장 저렴합니다. 그렇지만 그들은 생산하기 쉬운 삼베옷을 많이 입습니다. 삼베옷이 희고 털옷이 깨끗하기만 하면 그들은 천이 잘 다듬어졌든 거칠든 상관하지 않습니다. 그런데 다른 나라에서는 대여섯 벌의 외투와 셔츠를 갖고도 만족하지 못하며, 옷맵시를 내려고 하는 사람들은 열 벌 정도를 갖고도 더 바랍니다. 그러나 유토피아 사람들은 2년에 한 벌로 만족하고 있습니다. 옷이 많다고 해서 더 따뜻한 것도 아니고 또 더 뛰어나 보이지도 않기 때문입니다.

모든 사람들이 유익한 일에 종사하고 있으며, 또 그렇게 얻은 생산물에 대한 소비는 적지만 그것에 만족하고 있기 때문에, 유토피아에서는 적은 노동으로도 모든 물자를 충분하게 저장할 수 있습니다. 그러므로 손질해야 할 도로가 있을 경우에도 많은 노동력을 동원할 수 있습니다. 그리고 다른 일에 노동력이 필요하지 않은 경우에는 당국에서 노동시간 단축을 선언합니다. 당국은 시민에게 불필요한 노동을 강요하지 않습니다. 왜냐하면 그들은 경제의 최대 목적을 모든 사람들이 가능한 한 육체노동으로부터 벗어나서 많은 자유 시간을 갖도록 하는 데에 두기 때문입니다. 그들은 이것이 행복한 생활의 조건이라고 생각하고 있습니다.

　인간은 노동을 통해 먹고사는 '노동하는 존재'다. 따라서 노동은 인간의 삶을 지탱하는 기반이다. 그런데 인류 역사에서 노동하는 사람과 노동하지 않는 사람이라는 계급이 발생하면서부터, 인간의 노동은 더불어 하는 즐거운 활동이라는 의미가 사라지고 질곡과 고통을 주는 활동으로 바뀌게 된다. 그래서 점차 '인간다운 삶'조차 누리지 못하고 타율적인 노동을 해야 하는 다수의 피지배 계급과, 다른 사람의 노동 생산물을 착취하고 사는 지배 계급으로 나뉘게 된다.
　모어는 이렇게 된 원인이 사유 재산 제도에 있다고 보고 공유 재산 제도를 바탕으로 한 유토피아를 그린 것이다. 그래서 유토피아에서는 극소수의 관리나 학자를 제외한 모든 사람들이 생산적인 노동을 한다. 하지만 이들의 노동 시간은 하루 여섯 시간에 불과하다. 이렇게 짧은 노동 시간에도 불구하고 생활에 필요한 물품은 풍부하고 넉

넉한데, 그것은 거의 모든 사람이 생산 활동에 참여하기 때문이다. 게다가 이들은 자원을 아끼고 절약하면서 겉모습을 화려하게 꾸미는 등의 헛된 일에 자원을 낭비하지 않는다. 그들은 노동 자체를 즐기는 한편, 노동 이외의 시간에는 자유롭게 자신의 교양을 쌓거나 취미 활동을 함으로써 여유롭고 행복한 생활을 한다.

모어가 제시한 유토피아 사람들의 생활 방식은 너무 획일적이고 다양성을 무시한다는 점에서 현실에서 실현되기에는 문제가 있어 보이는 것이 사실이다. 그러나 국민 모두가 참여하는 노동 원칙이 노동이 일부 계층만의 의무가 되어 노동에서 해방된 자와 그렇지 못한 자로 양분되는 모순된 사회 구조를 바꾸기 위해 제시되었다는 점에서 오늘날에도 깊이 생각해 볼 가치가 있다.

3. 노동과 복지가 조화를 이루는 사회

1) 적절한 도시 인구

이번에는 유토피아의 사회 조직에 대해 살펴봅시다. 즉 사회는 어떻게 조직되어 있으며, 그들 상호 간의 관계는 어떠하고, 물품은 어떻게 분배되는가에 대해 알아봅시다.

유토피아 사회의 최소 단위는 혈연 관계로 이루어진 가정입니다. 여자는 자라서 결혼을 하면 남편의 가정으로 가서 살지만, 아들과 손자는 가장 나이 많은 가장의 감독을 받으며 집에 머물러 있습니다. 그러나 이 가장이 노망이 들었을 경우에는 그다음 연장자가 가장의 역할을 맡습니다.

각 도시는 농촌을 제외하고는 6천 가구로 이루어져 있습니다. 그리고 인구를 가능한 한 고정시키기 위해 모든 가정의 성인은 열 명 이상 열여섯 명 이하여야 한다는 규정이 있습니다. 물론 어린아이들의 수는 제한하지 않습니다. 한 가정에 어른이 초과하는 경우에는 모자라는 가정으로 이주시켜 이 규정을 지키도록 합니다. 또 한 도시의 인구가 초과되면, 초과된 인구만큼의 시민을 비교적 인구가 적은 도시로 이주시킵니다.

섬 전체 인구가 초과되면 각 도시에서 일정한 수의 국민들을 골라내어 도시를 떠나 대륙의 가장 가까운 미개발 지역에 식민지를 세울 것을 명령합니다. 식민지는 유토피아인이 지배하지만 원주민이 원하면 함께 살 수 있습니다. 이런 경우에는 동일한 생활 방식을 가진 하나의 사회를 형성하게 되어 이주민들뿐 아니라 원주민들에게도 매우 유리하게 됩니다. 왜냐하면 유토피아의 방식을 사용하면 한 민족에게 필요한 것도 생산하지 못하리라고 생각되었던 토지에서 두 민족이 쓰고도 남을 만큼 생산되기 때문입니다.

한편, 원주민이 유토피아인의 명령에 따르지 않으면 지역 밖으로 추방됩니다. 만일 원주민이 저항하면 유토피아인은 전쟁을 선언합니다. 유토피아인은 아무도 사용하지 않는 토지를 개간하여 식량을 생산하는 것을 막는 사람들과 전쟁을 하는 것은 당연한 일이라고 생각하기 때문입니다.

어떤 도시의 인구가 대폭 줄어들면 섬의 다른 도시로부터 주민을 이주시키는데, 그럴 경우 다른 도시의 인구마저 법정 한도 이하로 감소될 우려가 있다면, 그들은 식민지 주민을 불러들여 모자라는 인구를 채웁니다. 유토피아의 어떤 부분을 약화시키는 것보다는 식민지를 잃는 것이 낫다고 생각하기 때문입니다.

2) 공평한 식량 분배

그러면 그들의 사회 조직으로 되돌아가 봅시다. 각 가정은 가장 나이 많은 가장의 감독을 받고 있습니다. 아내는 남편에게, 자식은 어버이에게, 그리고 나이 어린 사람은 나이 많은 사람에게 복종해야 합니다.

모든 도시는 같은 규모의 네 개 구로 구분되어 있는데, 각 구의 중심지에 시장이 있습니다. 각 가정의 생산품은 시장의 창고에 보관되며, 각 상점의 규모에 따라 분배됩니다. 가장은 자신이나 가족에게 필요한 것이 있을 때에는 상점으로 가서 그 물품을 청구하기만 하면 됩니다. 그리고 그는 필요한 것이 무엇이든 간에 값을 치르지 않고 가져올 수 있습니다. 모든 물품이 풍족하므로 필요 이상으로 청구해서 가져갈 필요는 없습니다.

시장 안의 식료품 상점에서는 고기, 생선, 빵, 과일 및 채소를 팝니다. 시 외곽에는 피와 내장을 강물로 깨끗이 씻어 내는 특별한 장소가 있습니다. 짐승의 도살과 뒤처리는 노예들이 합니다. 일반 시민은 도살을 하지 못합니다. 유토피아 사람들은 도살을 하면 인간의 자연스러운 자애(慈愛)의 정이 메말라 버린다고 믿기 때문입니다. 또한 공기의 오염과 전염병을 막기 위해, 더러운 것이나 비위생적인 것을 시내로 들여오는 것을 금지하고 있습니다.

거리를 걸어가다 보면 일정한 간격을 두고 큰 건물이 서 있는데, 이 건물은 각기 특별한 명칭을 갖고 있습니다. 이 건물은 시포그란투스가 사는 곳이며, 시포그란투스가 맡은 30세대 – 한 쪽으로 15세대, 다른 쪽으로 15세대가 삽니다 – 가 식사를 하는 곳입니다. 식당 관리인은 매일 일정한 시간에 식료품 시장에 가서 자기 식당에 등록된 인원수를 말하고 적당한 식료품을 가져옵니다.

그러나 병원의 환자가 우선권을 가지고 있습니다. 병원은 성벽 밖의 교외에 네 개가 있으며, 병원은 각기 작은 도시처럼 보입니다. 너무 많은 인원이 들끓는 것을 막고 전염병 환자를 격리시키기 위해 이와 같이 넓게 지은 것입니다. 이 병원들은 잘 관리되고 모든 종류의 의료 시설이 갖추어져 있습니다. 간호사는 상냥하고 성실하며 경험 많은 의사가 언제나 보살펴 주기 때문에, 억지로 입원을 시키지 않더라도 환자라면 누구나 집에서 치료하는 것보다 입원하는 것을 더 좋아합니다.

병원 관리인이 의사가 지시한 식료품을 받아 가고 나면, 나머지 식료품들이 각 식당에 공평하게 분배됩니다. 그렇지만 특별히 시장, 고위 성직자, 트라니보루스 및 외교관, 그리고 외국인에게 먼저 배급합니다. 외국인이 있는 경우는 드물지만 머무는 동안에는 특별한 가구를 갖춘 주택을 제공받습니다.

3) 즐거운 공동 식사

점심과 저녁 식사 시간에는 나팔을 불며, 입원했거나 집에서 앓고 있는 사람을 제외한 모든 시포그란티아(Syphograntia, 시포그란투스가 거느린 주민들)가 식당에 모여 식사를 합니다. 식사가 끝나면 남은 음식을 원하는 사람 누구나 마음대로 집으로 가져갈 수 있습니다. 집에서 식사를 해서는 안 된다는 규칙은 없지만, 집에서 식사를 하는 것을 좋아하는 사람은 하나도 없습니다. 첫째는 예의에 어긋난다고 생각하기 때문이고, 둘째는 가까운 식당으로 가면 아주 맛있는 음식이 기다리고 있는데, 맛도 없는 음식을 준비하느라고 온갖 수고를 하는 것은 어리석다고 생각하기 때문입니다.

식당의 거칠고 힘든 일은 모두 노예가 하지만, 음식을 만들어서 차리고 메뉴를 정하는 실제적인 일은 그날의 당번을 맡는 가정의 주부들이 합니다. 식구들의 수에 따라 약간의 차이가 있기는 하지만 각 가정의 어른들은 서너 개의 식탁에 둘러앉습니다. 남자들은 벽 쪽으로 앉고 여자들은 바깥쪽으로 앉습니다. 때때로 임산부들에게 일어나는 일이지만, 만일 여자들이 갑자기 진통을 일으키면 다른 사람에게 방해가 되지 않게 자리를 떠나서 육아실로 갈 수 있도록 하기 위해서입니다.

육아실이란 산모와 갓난애를 위해 마련된 방으로 언제나 불이 있고 맑은 물이 충분히 준비되어 있습니다. 또한 어린이용 침대가 많이 있어서 어머니는 갓난애를 침대에 누일 수도 있고, 어머니가 원하면 불 옆에서 아이의 기저귀를 갈거나 놀게 할 수도 있습니다. 어머니가 죽거나 병들지 않는 한, 갓난애는 어머니가 직접 기릅니다. 어머니가 죽었거나 병든 경우 시포그란투스의 아내가 즉시 유모를 구합니다. 유모 구하기는 어렵지 않습니다. 유모가 될 자격이 있는 부인은 즐겁게 이 일을 맡기 때문입니다. 이러한 봉사 활동은 모든 이로부터 찬양을 받으며, 어린애도 언제까지나 유모를 친어머니처럼 섬깁니다.

육아실은 다섯 살 미만의 아이들이 식사를 하는 곳이기도 합니다. 다섯 살 이상이긴 하나 아직 결혼 연령에 도달하지 못한 소년 소녀는 식당에서 식사 시중을 듭니다. 식사 시중을 들지 못할 만큼 어릴 때에는 식탁 곁에 조용히 서 있습니다. 이 어린이들의 식사 시간은 따로 정해져 있지 않습니다. 어른들이 식탁에서 집어 주는 음식을 먹는 것으로 식사를 대신합니다.

상석(上席)은 식당 위쪽의 단 위에 있는 한 계단 높은 식탁으로, 여기서는 식당 내의 사람들을 전부 한눈에 바라볼 수 있습니다. 이 자리에는 시포그란투스 부부와 주민들 중 가장 나이 많은 두 사람이 앉습니다. 네 명씩 짝을 지어 식사를 하기 때문입니다. 마침 그 거리에 교회가 있을 때에는 성직자 부부가 우대를 받게 마련이어서 시포그란투스와 같이 앉습니다. 그들 양쪽으로는 네 명의 젊은이가, 그 다음에는 이들보다 나이 많은 사람들이 앉는데, 식당에서는 모두 이런 식으로 앉습니다. 바꾸어 말하면 동년배들과 앉기는 하지만 나이가 다른 사람들과 섞여 앉게 되는 것입니다.

이와 같이 좌석을 배치한 것은 연장자에 대한 존경심을 갖게 해서 젊은이들이 철없는 행동을 삼가도록 하기 위해서라고 합니다. 젊은이들이 하는 말이나 행동은 바로 옆에 앉아 있는 나이 많은 사람들에게 알려지기 때문입니다. 그들은 음식을 나누어 줄 때, 특별한 표시를 해 놓은 자리에 앉은 최연장자들에게 우선적으로 제일 많이 주고, 다음에 나머지를 다른 사람들에게 똑같이 나누어 줍니다. 그러나 특별히 맛있는 음식이 골고루 돌아가기에 부족한 경우, 연장자는 옆의 나이 어린 사람에게 적당히 나누어 줍니다. 따라서 연장자를 충분히 공경하면서도 결과적으로는 누구나 똑같이 먹게 되는 것입니다.

점심과 저녁 식사 전에는 선행과 미덕에 관한 명언을 낭독하지만, 낭독이 아주 짧기 때문에 지루하지는 않습니다. 이 낭독한 내용을 가지고 노인들이 적절한 화제를 끌어내기 시작하는데, 유머가 없거나 침울하지는 않습니다. 또한 노인들은 식사가 끝날 때까지 대화를 독점하지 않습니다. 반대로 그들은 젊은이들의 대화를 듣는 것을 즐기며, 일부러 기회를 주어서 아늑하고 비공식적인 분위기로 말미암아 자연히 드러나는 젊은이들의 성격과 총명함을 알아보기도 합니다.

점심 시간이 끝나면 일을 해야 하기 때문에 점심 시간은 짧지만, 저녁을 먹고 나면 쉬거나 잘 수 있으므로 저녁 시간은 깁니다. 그들은 천천히 먹는 것이 특히 소화에 도움이 된다고 생각합니다. 저녁을 먹으면서 음악을 들으며, 식후에는 여러 가지 단것과 과일을 먹습니다. 또한 향을 피우거나 식당에 향수를 뿌려서 저녁 식사 시간을 즐겁게 만들려고 합니다. 왜냐하면 그들은 해롭지 않은 모든 쾌락을 즐기는 것은 온당한 일이라고 생각하기 때문입니다.

지금까지 설명한 것은 도시에서의 생활입니다. 농촌에서는 서로 멀리 떨어져 살고 있기 때문에, 각기 자신의 집에서 식사를 합니다. 물론 농촌 사람들도 도시 사람들과 마찬가지로 좋은 음식을 먹습니다. 왜냐하면 도시에 사는 사람들이 먹는 식료품들은 모두 농촌 사람들이 생산하는 것들이기 때문입니다.

4) 여행 제도

이제 그들의 여행 제도에 대해 알아봅시다. 다른 도시에 사는 친구를 방문하거나 다른 도시를 관광하고 싶으면, 당장 꼭 해야 할 일이 없는 경우 자신이 속한 시포그란투스와 트라니보루스에게 신청하여 쉽게 허가를 얻을 수 있습니다. 시장이 서명한 단체 여행증명서를 갖고 단체로 여행을 떠나는데, 여행증명서에는 돌아올 날짜가 적혀 있습니다. 여행자에게는 소가 끄는 수레와 소를 몰고 돌봐 줄 노예가 한 명 제공됩니다. 그러나 단체에 여자가 없는 경우 대부분의 사람들은 수레를 귀찮다고 생각하여 돌려보냅니다. 어디를 가거나 집에 있을 때와 마찬가지이며, 또 필요한 것은 모두 얻을 수 있기 때문에 짐을 갖고 갈 필요는 없습니다. 어떤 곳에 24시간 이상 머무르게 되면, 자기가 하던 일을 할 수 있습니다. 그곳에 있는 같은 일에 종사하는 사람들이 대환영을 하기 때문입니다.

만일 여행증명서 없이 나갔다가 자기 도시의 경계 구역을 벗어난 곳에서 발견되면, 그는 도망자로 간주되어 치욕적인 대우를 받고 자기의 소속 도시로 연행되어 심한 처벌을 받게 됩니다. 한 번 더 위반하면 노예가 되는 처벌을 받습니다. 그러나 도시 근처의 농촌을 돌아다녀 보고 싶은 경우에는 아버지가 허락하고 아내가 반대를 하지 않으면 마음대로 나갈 수 있습니다. 물론 농촌 어디에 가든 오전이나 오후 한나절 일을 하지 않으면 먹을 것을 얻지 못합니다. 그러나 일만 한다면 자기가 속한 도시의 구역 내에서는 어느 곳이든지 마음대로 갈 수 있으며, 집에 있을 때와 마찬가지로 도시의 구성원으로서 유용한 역할을 하는 셈이 됩니다.

이제 그들의 생활이 어떠한지 아셨겠지요? 유토피아 사람들은 어디에 있든지 항상 일을 해야 합니다. 게으름을 피울 구실은 전혀 없습니다. 술집도, 맥주집도, 윤락가도, 타락할 기회도, 비밀회의 장소도 없습니다. 모든 사람이 지켜보고 있기 때문에 실제로 자신의 일을 열심히 하지 않을 수가 없고, 여가 시간을 건전하게 활용하지 않을 수 없습니다.

인간다운 삶을 누릴 수 있는 사회는 어떤 사회일까? 오늘날 사람들은 흔히 복지가 이루어지는 사회를 제시한다. 복지란 안락하고 만족한 생활 상태를 지속시킨다는 뜻으로, 사회적으로 잘 지내는 행복한 상태 내지 만족스런 상태를 의미한다. 그러면 복지가 이루어지는 사회의 기본 조건은 무엇인가? 한마디로 말하자면 최소의 노동과 최상의 생활 조건이 함께 이루어지는 상태일 것이다.

토마스 모어 역시 이런 이상적인 사회의 조건을 생각했을 것이다. 그는 노동과 복지가 조화로운 유토피아 사회의 모습을 여섯 가지로 제시하고 있다. 첫째 적절한 노동과 분배가 이루어질 수 있도록 적정한 인구수를 유지하는 사회, 둘째 어른을 공경하고 젊은이를 아껴주는 사회, 셋째 누구나 노동을 하면 생활 용품이 충분하게 분배되는 사회, 넷째 병원, 육아실, 공동 식당 등의 복지 시설이 제대로 갖추어진 사회, 다섯째 노동 이외의 시간에는 충분한 여가를 즐길 수 있는 사회, 여섯째 여행의 자유는 인정하되 어디를 가나 일을 해야 먹고살 수 있는 사회가 그것이다.

복지 문제는 오늘날에도 여전히 사회적 관심사의 하나다. 사실 '복지 국가'를 표방하면서 많은 나라에서 보다 나은 복지 정책을 추구해왔고 우리나라에서도 선거철이 되면 복지 정책이 단골로 등장할 정도다. 하지만 복지 문제의 완전한 해법은 평등한 노동과 평등한 분배에서 찾아야 할지도 모른다. 모어는 이 점을 분명하게 인식했던 것으로 보인다. 빈부 격차와 불평등이 존재하는 사회에서 모두가 안락하고 만족하며 사는 것은 불가능한 일이다. 우리는 이런 점을 고려하여 오늘의 우리 사회에서 진정한 복지란 무엇인지 깊이 있게 생각해 보자.

4. 황금을 돌같이 보는 사회

이러한 제도 아래서는 모든 물자가 풍족하고 전체 주민에게 모든 것이 균등하게 분배되기 때문에 가난한 사람이나 거지는 있을 수 없습니다. 앞에서 말했듯이, 각 도시는 세 명의 대표를 매년 아마우로 톰에서 열리는 대표자 회의에 보냅니다. 그 회의에서는 그 해의 생산량을 자세히 조사하여, 어느 지역에서는 어떤 생산물이 풍부하고 어느 지역에서는 무엇이 부족하다는 것이 밝혀지는 즉시 서로 공급을 해서 균등한 분배가 이루어지도록 조치를 취합니다. 물론 이때의 물품 공급은 무상이며, 어떤(A) 도시가 다른(B) 도시에 물품을 무상으로 공급한다면, 그(A) 도시는 또 다른(C) 도시로부터 부족한 물품을 무상으로 공급받습니다. 그러므로 섬 전체가 하나의 대가족과 같습니다.

그들은 필요한 것을 충분히 저장하고 나면 – 그들은 흉작에 대비해서 2년 동안 견딜 수 있는 충분한 양을 저장해 놓습니다 – 나머지는 수출합니다. 이러한 수출품으로는 곡물, 꿀, 양털, 삼베, 목재, 옷감,

밀랍, 생가죽, 가축 등이 있습니다. 수출품의 7분의 1은 수입하는 나라의 가난한 사람들에게 무상으로 주고, 나머지는 적절한 가격으로 팝니다. 이러한 무역으로 필요한 물건을 — 필요한 물건이라야 철강 정도지만 — 충분히 수입할 뿐 아니라 막대한 양의 금과 은을 벌어들입니다.

그래서 그들은 장기간에 걸쳐 믿을 수 없을 만큼 많은 금과 은을 저장해 놓았습니다. 그런 까닭에 유토피아에서는 현금 거래든 외상 거래든 그 결제 방법에 대해 상관하지 않습니다. 그러나 외상 거래인 경우 그들은 개인 증서는 받지 않고 수입 지역의 관청이 서명하고 보증한 약속어음을 요구합니다. 지불 기일이 되면 이 관청은 관련된 개인들로부터 돈을 거두어 시 금고에 넣어 두고, 유토피아인이 청구할 때까지 그 돈을 적당히 이용합니다. 그런데 유토피아인은 실제로 거의 지불 요청을 하지 않습니다. 그들은 꼭 필요하지도 않으면서 다른 사람들로부터 그들에게 필요한 것을 빼앗는 것은 공정하지 못하다고 생각하기 때문입니다.

그러나 그 돈의 일부를 다른 나라에 빌려줄 필요가 생기거나 전쟁이 일어나면 지불을 요구합니다. 왜냐하면 그들은 전쟁과 같이 긴급한 사태에 대비해서 부를 축적하기 때문입니다. 심각한 국가적 위기나 비상 사태가 생겼을 때 시민을 보호해야 하기 때문에, 이 돈은 주로 외국인 용병을 막대한 보수를 주고 고용하는 데 사용됩니다. 즉,

자기 나라 사람들의 목숨을 위기에 몰아넣기보다는 용병으로 대치합니다. 또한 그들은 충분한 돈만 준다면 적군을 매수하여 서로 배반하게 만들거나 반란을 일으키게 할 수 있다는 것을 잘 알기 때문에 많은 양의 귀금속을 저장합니다. 하지만 그들은 귀금속을 보석으로 여겨서 저장하는 것은 아닙니다.

사실 여러분이 내 말을 믿지 않을까 걱정스러워서 그들이 보석을 가볍게 여긴다고 말하기가 거북합니다. 나 자신도 직접 내 눈으로 보지 않았더라면 믿기 어려웠을 것입니다. 인간은 일반적으로 자신이 알고 있는 일상생활의 관습과 아주 다른 일에 대해서 믿지 않는 경향이 있습니다. 이미 말한 바와 같이, 그들은 돈을 사용하지 않으며 오직 장차 발생하지도 모를 위급한 상황에 대비해 간직하고 있을 뿐입니다.

따라서 돈의 원료가 되는 금이나 은에 대해 귀중한 가치를 부여하는 사람은 하나도 없습니다. 금이나 은의 가치가 철의 가치에 훨씬 못 미친다는 것은 분명합니다. 인간은 물이나 불이 없으면 살 수 없는 것과 마찬가지로 철이 없이는 살 수 없습니다. 금이나 은의 희소 가치에 대한 바보스러운 관념만 없다면, 누구나 금이나 은이 없어도 편안히 살 수 있는 것입니다.

그런데 만일 시장이나 트라니보루스들이 이 귀금속을 금고 속에 감춰 둔다면, 일반 사람들은 그들이 자신들을 속이고 이 귀금속을 이용하여 이익을 취하는 것이 아닐까 하는 어리석은 생각을 품게 될지도 모릅니다. 물론 금과 은으로 장식용 접시나 기타 장식품을 만들 수도 있습니다. 그러나 그렇게 되면 사람들이 이러한 장식품을 좋아하게 되어 정작 장식품을 녹여 병사들에게 지불해야 될 때가 오면, 일이 아주 난처하게 될 것입니다.

이러한 위험들을 막기 위해 유토피아 사람들은 자신들의 다른 관습과는 일치하지만 우리의 관습과는 정반대인 제도를 창안해 냈습니다. 이 제도는 여러분이 직접 목격하기 전에는 도저히 믿지 못할 것입니다. 이 제도에 의하면 그릇이나 컵은 유리나 흙과 같은 값싼 재료를 사용해 아름다운 모양으로 만들어 냅니다. 그러나 요강과 같은 보잘것없는 일상 용품은 금이나 은을 재료로 사용해서 만듭니다. 또한 그들은 노예를 묶어 두는 사슬이나 족쇄를 순금으로 만들며, 참으로 부끄러운 죄를 범한 죄수에게 금귀걸이와 금반지, 금목걸이를 매어 주고, 머리에는 금관을 씌워 줍니다. 사실 유토피아에서는 금이나 은을 경멸하게 하는 모든 방법을 사용합니다. 따라서 자신들이 갖고 있는 금이나 은을 모두 내놓아야 할 때가 오더라도 유토피아 사람들은 조금도 아까워하지 않습니다.

보석도 마찬가지입니다. 해변에는 진주가 있고 어떤 바위에서는 다이아몬드와 루비들이 발견되지만, 그들은 이러한 보석을 일부러 찾으려고 돌아다니지 않습니다. 그러나 우연히 발견하게 되면 이것을 주워서 어린이들의 장식품으로 씁니다. 어린이들은 처음에는 이 것을 자랑합니다. 하지만 장식품은 육아실에서만 달고 다니기 때문에 어린이들이 나이가 들면 부모가 주의를 주지 않더라도 자존심 때문에 장식품을 버립니다. 마치 대개의 어린이들이 성장하면서 인형, 호두껍질, 부적 따위에 싫증을 내는 것과 같습니다.

어떤 민족의 사고 방식이나 감정이 습관과 관습에 의해 그토록 크게 달라진다는 것을, 나는 아네몰리우스(Anemolius, '허영심이 많은 나라'라는 뜻)의 외교 사절들에게서 생생하게 본 적이 있습니다. 내가 유토피아에 머물고 있을 때, 이 외교 사절들은 아마우로툼을 방문했습니다. 이전에 유토피아에 왔었던 외국 사절들은 해협에서 가까운 지역에 살고 있었으므로 유토피아인의 사고방식을 잘 알고 있었습니다. 그래서 그들은 유토피아에서는 값비싼 옷이 대접을 받지 못하고 비단이 경멸을 받으며, 금이란 말은 수치스러운 말로 여겨진다는 것을 알고 있어서 유토피아에 올 때는 가능한 한 간소한 옷차림을 했습니다.

그러나 아네몰리우스 사람들은 멀리 떨어진 지역에 살기 때문에 유토피아인과 별로 접촉이 없었습니다. 그들이 아는 것은 고작 유토피아에서는 누구나 똑같은 옷을 입으며 그 옷도 조잡한 것이라는 정도였습니다. 그러므로 그들은 우호적이라기보다는 오히려 오만한 방식을 채택했습니다. 그들은 신이나 입음직한 호화찬란한 옷으로 차

려입고, 그러한 호화로움으로 유토피아 사람들을 현혹시키려고 했던 것입니다.

세 사람으로 구성된 외교 사절단이 도착했습니다. 그런데 수행원은 백 명이나 되었으며, 그들은 모두 색깔이 요란한 비단옷을 입고 있었습니다. 귀족들은 - 외교 사절단은 그 나라에서 귀족이었습니다 - 금박을 입힌 옷을 입고 금목걸이를 두르고, 귀에는 금귀걸이를 달고 손가락에는 금반지를 끼었습니다. 모자에는 진주와 보석들이 촘촘히 박힌 금사슬이 달려 있었습니다. 다시 말하면, 그들은 유토피아에서는 노예를 처벌하거나 죄인을 욕보이기 위해서 사용되거나 어린이들의 장난감으로 쓰이는 것들로 몸단장을 했던 것입니다.

그것은 두 번 다시 보기 어려운 구경거리였습니다. 세 명의 귀족은 유토피아 사람들의 옷차림과 자신의 옷차림을 비교해 보고 매우 의기양양했습니다. 그러나 결과는 그들이 기대했던 것과는 정반대였기 때문에 실망을 금할 수 없었습니다. 유토피아 사람들은 사절단의 수행원들에게는 최대한의 경의를 표하였으나, 외교 사절들은 금사슬을 달고 있어서 노예가 틀림없다고 여기고 완전히 무시해 버렸습니다.

오! 진주나 보석 따위에 싫증이 난 유토피아의 소년 소녀들이 외교 사절의 모자에 달린 진주나 보석을 보았을 때의 표정을 보았더라면! 아이들은 어머니의 옆구리를 찌르면서 속삭였습니다.

"엄마, 저 바보 같은 어른들 좀 보세요. 저만한 나이가 되어서도 보석을 달고 다니다니!"

어머니는 엄숙한 표정으로 대답했습니다.

"쉿! 조용히 하거라. 저 사람은 대사님이 데리고 다니는 광대일 거야."

금사슬에 대해서도 많은 비판이 나왔습니다. 어떤 사람은 이렇게 말했습니다.

"저 사슬은 대단치 않은걸. 너무 약해서 노예가 쉽게 끊어 버리겠어. 게다가 너무 헐렁한 것 같아. 도망갈 생각만 있다면 언제든지 노예가 벗어 버리고 달아나겠는데 그래!"

아네몰리우스 사람들은 하루 이틀 머무는 동안에 사정을 깨닫기 시작했습니다. 그들은 유토피아에서는 금이 아주 흔한데다가 경멸받는다는 사실을 알았습니다. 또한 도망을 가려다가 붙잡힌 한 사람의 노예가 그들 세 사람이 가진 금과 은을 합친 것보다도 더 많은 것을 몸에 감고 다닌다는 것을 알았습니다. 그래서 그들은 결국 뽐내기는커녕 오히려 부끄러워져서 자랑으로 여기던 모든 장식품을 버렸습니다. 특히 몇 사람의 친구들이 이 손님들에게 유토피아의 관습과 사고 방식을 알아차리도록 이야기한 다음부터 그랬습니다.

별보다도 빛이 희미한 작은 돌조각에 매혹되고, 또 질이 좋은 양털로 짠 옷을 입었다고 해서 더 잘났다고 뽐내는 어리석은 사람들을 유토피아 사람들은 도무지 이해할 수 없었습니다. 또한 유토피아 사람들은 세계 도처에서 금과 같이 전혀 쓸모없는 물건을 인간보다 더 가치 있고 소중하게 여기는 까닭을 이해하지 못합니다. 그러나 유토피아 사람들이 가장 이상하게 여기고 혐오하는 것은 부자에게 빚을 진 것도 아니고 머리를 숙여야 할 하등의 이유도 없는데, 단지 그가 부자라는 점 때문에 그를 존경하는 어리석은 태도입니다.

인간의 욕망은 무한한 것인가? 토마스 모어는 이 문제에 대해 매우 현실적인 답변을 내놓는다. 인간의 삶에 꼭 필요한 것이 아닌 한 인간은 욕망을 절제할 수 있는 존재라는 것이다. 물론 이런 생각의 밑바탕에는 하나의 사회가 감당할 수 있는 사회적인 생산력에는 한계가 있다는 고려가 있다.

유토피아라는 작은 사회를 이상적인 사회로 그리면서 모어가 우려한 것은 인간의 탐욕이 가져올 재앙이라는 문제였다. 인간은 누구나 더 좋은 음식과 더 좋은 옷, 더 편리한 생활 도구를 좋아하는데, 문제는 그것을 해결할 생산력이나 노동력에는 한계가 있다는 것이다. 이러한 한계를 극복하기 위해 모어가 선택한 방안은 교육과 관습을 통한 의식의 변화였다.

즉, 돈이나 황금, 보석과 같이 현실 생활에는 도움을 주지 않으면서도 인간에게 갖고자 하는 욕망을 부추기는 물건을 의식적으로 기피하도록 교육하고 그것을 하찮게 여기는 태도를 관습으로 만들어야 한다는 것이다. 그래서 황금으로 요강을 만들거나 노예나 죄수 등이 차는 족쇄 혹은 어릴 때나 갖고 노는 장난감을 만들자는 것이다. 이렇게 하면 황금이나 보석을 하찮게 여길 것이고 그것을 찾기 위해 사회에 기여할 수 있는 생산적인 일을 하지 않는 사태를 막을 수 있다고 본 것이다.

돈도 마찬가지다. 유토피아와 같이 모두가 공정하게 일하고 모두가 공정하게 분배받는 사회에서는 사실 돈이 필요 없다. 이들이 돈을 사용할 때는 전쟁과 같은 위기 상황이 닥쳤을 때로, 전쟁에서 자국민을 잃지 않도록 많은 돈을 주고 용병들을 사와 대신 전쟁을 치르도록 할 때다. 물론 이러한 사고 속에는 용병의 목숨과 자국민의 목숨을 다르게 보는 차별적인 인간관이 있어서 위험해 보이는 것이 사실이다. 그러나 인간이 물질의 노예가 되지 않도록 돈이나 귀금속의 가치를 의미 없는 것으로 보게 하려는 노력은 높이 평가할 만하다.

기술이 고도로 발전하여 편리한 도구가 수없이 나왔지만 여전히 인간과 인간 사이의 차별과 억압, 강자와 약자가 존재하는 지금의 세계가 한편에 있다. 다른 한편에는 비록 기술력이 낮아서 편리한 도구는 상대적으로 적지만 인간 사이의 차별과 억압이 없는 유토피아가 있다. 이 중 어떤 사회가 더 바람직한지는 깊이 생각해 볼 문제다.

5. 정신적 쾌락을 추구하는 사회

1) 행복의 본질

유토피아인도 도덕을 다루는 윤리학 분야에서는 우리와 똑같은 문제를 가지고 토의합니다. 선을 심리적·육체적·환경적 세 유형으로 구분한 다음, 선이라는 용어를 엄격한 입장에서 세 유형 전부에 적용시킬 수 있는지, 또는 오직 심리적인 것에만 적용시킬 수 있는지를 깊이 있게 다룹니다. 그들은 또한 덕과 쾌락 같은 문제도 논의합니다. 그러나 그들의 주요한 토론 주제는 행복의 본질은 무엇인가, 그리고 행복의 요인은 한 가지인가 여러 가지인가 하는 문제입니다. 이 점에서 유토피아 사람들은 대체로 쾌락주의적 의견에 기울어져 있는 것 같습니다. 왜냐하면 인간의 행복은 대부분 혹은 전적으로 쾌락에 있다는 견해를 갖고 있기 때문입니다.

놀랍게도 유토피아 사람들은 이러한 쾌락주의를 종교에 근거하여 옹호하고 있습니다. 그들은 행복을 논의하면서 이성적인 논증을 위해 종교 원리를 끌어왔는데, 그렇게 하지 않으면 참된 행복을 찾기 어렵다고 생각했기 때문입니다.

유토피아에서 믿는 종교 원리 중 첫 번째는, 모든 영혼은 영원불멸하며 자비로운 신에 의해 창조되었고, 신은 영혼에 행복을 약속했다는 것입니다. 둘째 원리는 우리가 현세의 선행이나 악행에 따라 내세에서 포상이나 처벌을 받는다는 것입니다. 이런 것들은 사실 종교 원리지만, 유토피아 사람들은 이성에 의해 이것을 믿고 받아들이게 된다고 생각합니다.

이러한 원리를 받아들이지 않는다고 가정해 봅시다. 그러면 어떤 바보가 마땅히 해야 할 일을 가려서 하고 해야 할 말을 가려서 하겠습니까? 누구든지 선악을 묻지 않고 자신의 쾌락을 누리기에 정신이 없을 것입니다. 오직 작은 쾌락이 큰 쾌락을 방해하지 못하도록 하고, 그 뒤에 고통이 따르는 쾌락은 피하도록 조심하면 될 뿐입니다. 무엇 때문에 덕을 쌓으려고 노력하고, 인생의 쾌락을 거부하며 일부러 고통을 자초할까요? 만일 그렇게 했는데도 아무것도 얻지 못한다면, 만일 아주 고통스럽고 비참하게 살았는데도 죽은 후에 아무런 보상을 받지 못한다면, 무슨 희망을 갖고 그처럼 살아갈까요?

그렇다고 해서 그들이 모든 쾌락에 행복이 있다고 믿는 것은 아닙니다. 오직 선하고 정직한 쾌락에만 행복이 있다고 생각합니다. 또한 덕 자체가 행복이라고 생각하지도 않습니다. 일반적으로 행복은 최고의 선이며, 인간은 덕에 의해 자연히 이러한 최고의 선에 이끌려 가게 된다고 생각합니다. 그들에 따르면 최고의 선은 인간의 자연적 충동, 즉 본능에 따르는 것입니다. 그러나 본능은 어디까지나 이성에 복종해야 합니다. 이성은 첫째로 우리를 존재하게 하고 행복의 가능성을 준 전지전능한 신을 사랑하고 경배하는 것을 가르치고, 둘째로 평생을 가능한 한 안락하고 즐겁게 살며 다른 모든 사람들도 그와 같이 살도록 도와주어야 한다는 것을 가르치기 때문입니다.

아무리 미덕을 엄격하게 따르고 쾌락을 증오하는 금욕주의자라 할지라도 쾌락에 대한 관점에서는 약간의 모순이 있습니다. 금욕주의자는 우리에게 인생은 고통이며 터무니없는 꿈이고 안락하지 않은 것이라고 설교할 것입니다. 그러면서도 그는 우리에게 최선을 다해 다른 사람들의 궁핍과 불행을 없애 주라고 말할 것입니다. 그는 인간을 곤경으로부터 구제하는 이러한 행위를 자애의 발로라고 하여 찬양할 것입니다. 사실 다른 사람을 고통으로부터 구하고 그들의 불행에 마침표를 찍어 주며, 삶의 기쁨과 쾌락의 능력을 소생시켜 주는 것보다 더 인간적이며 자연스러운 일은 없을 것입니다. 그렇다면 어째서 자기 자신을 위해 그러한 일을 하는 것은 자연스럽지 않단 말인가요?

삶을 즐기는 것, 곧 쾌락을 경험하는 것이 나쁜 일이라면 다른 사람의 향락을 도와주어서는 안 될 뿐 아니라, 전 인류를 이러한 무서

운 운명으로부터 구제하도록 노력해야 할 것입니다. 반면 삶의 향락이 다른 사람들에게 좋은 것이라면 남이 즐거움을 갖도록 도와주는 것이 허용될 뿐 아니라, 적극적으로 남을 위해 그렇게 하는 것이 의무입니다. 그렇다면 자기 자신에게 똑같은 자선을 베풀어서 안 될 이유가 없지 않을까요?

결국 이웃에 대해서와 마찬가지로 자기 자신에 대해서도 좋은 태도를 가져야 하는 것입니다. 남에게는 친절하라고 명령하면서, 자기 자신에게는 태도를 바꾸어서 잔인해야 한다고 명령할 수는 없습니다. 그러므로 유토피아 사람들은 삶의 즐거움, 즉 쾌락을 인간의 행위에서 가질 수 있는 자연적 목표로 생각하며, 본성의 지시에 따라 살아가는 것을 미덕으로 규정하고 있습니다.

우리는 본성적으로 서로 도와가며 좀 더 즐겁게 살아가려고 합니다. 어떤 사람도 특권적인 지위에 있다고 해서 자연으로부터 더 많은 사랑을 차지할 수는 없기 때문입니다. 자연은 인류 각자의 행복에 대해 균등하게 작용한다고 유토피아인은 믿습니다. 그러므로 본성은 다른 사람의 이익을 희생시키면서까지 자기 자신의 이익을 추구해서는 안 된다는 명령을 내립니다.

이러한 원칙에 따라 유토피아 사람들은 개인 사이에 맺은 약속뿐만 아니라 온 국민의 찬성에 의해 제정된 법률도 지켜야 한다고 생각합니다. 이러한 법률을 지키는 범위 안에서 자기 자신의 이익을 고려하는 것만이 현명한 처사이며, 또한 공공의 이익까지도 고려하는 것은 칭송할 만한 일이라고 생각합니다.

다른 사람으로부터 한 가지 쾌락을 빼앗아서 자신이 누리는 것은 옳지 못하지만, 자기 자신의 쾌락을 줄여서 다른 사람의 즐거움에 보태 주는 것은 자애로운 행위이며, 이러한 행위는 항상 잃은 것보다 더 많은 보상을 받게 됩니다. 첫째로 이러한 친절은 보통 자신이 베푼 것과 똑같은 보답을 받습니다. 둘째로 보답을 받지 못한다고 하더라도 남에게 친절을 베풀어서 그로부터 애정과 신의를 얻었다는 생각만으로도 물질적인 만족의 상실을 보상하고도 남는 정신적인 만족을 얻게 됩니다. 그리고 종교적인 사람이 흔히 갖는 신념이지만, 신은 조그마한 일시적인 쾌락을 희생한 보상으로 영원하고 완전한 즐거움을 줄 것입니다. 따라서 유토피아 사람들은 인간의 모든 행위들, 특히 가장 덕 있는 행위를 할 때에도 쾌락을 궁극적인 행복이라고 여깁니다.

2) 어리석은 쾌락

유토피아인은 쾌락이란 본성적으로 즐길 수 있는 육체적 또는 정신적 활동 상태라고 정의합니다. 여기서 중요한 것은 본성이라는 말인데, 우리는 남을 해치거나 보다 큰 쾌락을 방해하거나 또는 불쾌한 후유증을 남기지 않는 한 이성과 본능에 의해 쾌락을 추구하도록 되어 있습니다. 그러나 세상 사람들은 잘못된 생각에 사로잡혀 이와는 전혀 다른, 본성에 어긋나는 방법으로 쾌락을 추구합니다. 이는 마치 사물의 명칭을 바꿈으로써 쉽게 그 사물의 본질을 바꿀 수 있다고 여기는 것과 같습니다.

유토피아인은 본성에 어긋난 쾌락이 행복에 이바지하기는커녕 행복을 불가능하게 만든다고 확신합니다. 오히려 이러한 쾌락에 젖어 버리면 진정한 쾌락을 누리는 모든 능력을 상실하고 오직 사이비(似而非, 진실과 유사해 보이지만 진실은 아닌 상태) 쾌락에 빠질 뿐입니다. 사이비 쾌락은 전혀 즐거움이 없으며, 대부분 불쾌한 것입니다. 그런데 이러한 그릇된 쾌락에 빠진 자들은 사이비 쾌락을 생의 가장 중요한 쾌락으로 여길 뿐 아니라, 살아가는 주요 목표로 생각하기도 합니다.

사이비 쾌락에 빠진 집단에는 옷을 남보다 잘 입고서 남보다 잘났다고 여기는 사람들이 포함됩니다. 실제로 그러한 사람들은 옷에 대해서만이 아니라 자기 자신에 대해서도 잘못을 범하고 있습니다. 실용적 입장에서 보더라도 곱게 뽑은 양털실로 짠 옷감으로 만든 옷이 굵은 실로 짠 옷감으로 만든 옷보다 나을 까닭이 있나요? 그러나 옷을 잘 입었다고 잘난 체하는 사람은 고운 실로 짠 옷감으로 만든 옷이 원래 우월하며 그러한 옷을 입으면 자기 자신의 가치도 높아진다고 생각합니다. 그래서 호사스런 옷을 입었기 때문에 존경을 받아 마땅하다고 생각하고, 존경을 받지 못하면 몹시 화를 냅니다. 그런 무익하고 헛된 표면적인 존경에 집착하는 것도 또한 어리석은 짓이 아닐까요? 다른 사람이 모자를 벗고 무릎을 꿇는 것을 본다고 해서 진정한 쾌락을 얻게 됩니까?

앞에서 말한 보석에 열광하는 사람들도 사이비 쾌락에 탐닉하는 사람들입니다. 그런 사람은 진기한 보석, 특히 그 당시 자기 나라에서 특별히 값진 종류의 보석을 소유하게 되면 매우 으스댑니다. 그는 겉모습만으로는 믿을 수가 없어서 금을 모두 벗겨 내고 보석을 빼내서 자세히 살펴본 다음에야 삽니다. 그다음에도 보석상이 진품임을 엄숙히 선서하고 보증서를 써 주어야만 합니다. 그러나 자기 자신의 눈으로 모조품과 진품을 구별하지 못한다면 모조품이라고 해서 쾌락을 주지 못할 까닭이 어디 있을까요? 보석을 구별 못하는 장님에게는 진품이든 모조품이든 다를 바가 없는 것입니다.

그저 바라보면서 즐기는 것 이외에는 딴 목적도 없이 남아돌 만큼 재산을 모으는 사람들은 어떨까요? 그들의 쾌락은 진정한 쾌락일까요, 아니면 환상에 지나지 않을까요? 어떤 사람들은 그 자신이나 다른 사람에게 전혀 도움이 되지 않는 곳에 금화를 몰래 묻어 두고는 행복을 느낍니다. 분명히 이제는 금화를 잃을까 봐 걱정할 필요가 없으니까요. 그러나 도둑이 그 돈을 훔쳐갔는데도 10년 동안 도둑맞은 돈이 그대로 있으려니 하고 살아왔으니, 그동안 돈이 있었든 없었든 간에 그에게는 아무런 의미가 없지 않을까요? 어쨌든 그에게는 아무 쓸모도 없었으니까요.

한편, 유토피아 사람들은 도박만이 아니라 사냥도 어리석은 쾌락에 포함시킵니다. 그들은 주사위를 탁자 위에 던지는 것이 무슨 재미가 있느냐고 묻습니다. 게다가 처음에는 설사 약간 재미가 있었다고 하더라도 너무 자주 반복하면 싫증이 날 것이 분명하다는 것입니다. 또한 개가 으르렁거리며 짖는 불쾌한 소리를 듣는 것이 즐거울 이유는 없습니다. 개가 산토끼를 쫓는 것을 보는 것이, 개가 다른 개를 쫓는 것을 보는 것보다 더 재미있는 까닭이 무엇인가요?

어느 경우에나 기본적인 동작은 경주라고 할 수 있습니다. 그러나 진짜로 보고 싶은 것은 눈앞에서 짐승이 갈가리 찢겨서 죽는 것입니까? 오히려 약하고 순하며 해를 끼치지 않는 작은 짐승인 산토끼가 힘이 더 세고 더 사나운 짐승에게 짓밟히고 먹히는 것을 볼 때 불쌍히 여기는 것이 좀 더 적절한 반응이 아닐까요?

그러므로 유토피아 사람들은 사냥이 자유인의 존엄성을 떨어뜨리는 짓이라고 여기고 백정에게 맡깁니다. 백정은 이미 말한 바와 같이 노예입니다. 그들의 의견에 따르면, 사냥은 최악의 도살 행위이며, 이에 비하면 기타의 도살은 그래도 어느 정도의 유용성과 명예로움을 갖고 있습니다. 보통 백정은 가축을 죽이는 데 신중을 기하여 꼭 필요할 때에만 도살합니다. 반대로 사냥꾼은 자기 자신의 오락을 위해서 가련한 작은 동물을 죽이고 사지를 찢습니다. 유토피아 사람들은 짐승 가운데서도 사람과 같이 피에 굶주린 잔인한 짐승은 찾아보기 어렵다고 말합니다. 짐승도 천성이 잔인하거나 잔인한 놀이에 늘 사용되어 성질이 잔인해지지 않으면 그와 같지는 않습니다.

이런 예들처럼 사람들이 일반적으로 쾌락이라 여기는 것들은 수백 가지가 있습니다. 그러나 유토피아 사람들은 그런 것들에는 본질적으로 참된 즐거움이 없기 때문에 진정한 쾌락이라고 생각하지 않습니다. 그들은 이것은 즐거운 일보다는 불쾌한 일을 더 좋아하게 만드는 나쁜 습관으로 말미암아 생긴 순전히 주관적인 반응이라고 말합니다. 마치 임신한 여자가 때로는 맛에 대한 감각을 잃고 쇠기름이 꿀보다 더 달다고 생각하는 것과 같습니다. 그러나 아무리 사람들의 판단이 습관이나 병 때문에 약화된다고 하더라도 쾌락의 본질은 다른 것과 마찬가지로 변하지 않습니다.

3) 참된 쾌락

유토피아인은 진정한 쾌락을 두 종류, 곧 정신적 쾌락과 육체적 쾌락으로 나눕니다. 정신적 쾌락에는 어떤 일을 이해하거나 진리를 사색하는 데에서 얻는 만족이 포함됩니다. 또한 참되게 살아온 과거에 대한 회상과 장차 좋은 일이 있으리라는 확고한 기대도 포함됩니다.

육체적 쾌락은 두 가지로 구분됩니다. 첫째로 신체의 여러 기관을 충족시켜 줄 때 생기는 쾌감이 있습니다. 이것은 우리가 음식을 먹거나 마실 때처럼 신체의 자연적인 열에 의해 없어지는 물질을 대체할 때 얻는 쾌락입니다. 또는 배설, 성교와 같이 몸 안에서 넘쳐나는 것을 방출하거나, 가려운 곳을 비비거나 긁을 때 생기는 쾌감입니다. 그러나 신체 기관의 필요를 충족시켜 주거나 불쾌감을 없애는 것이 아닌 쾌락도 있습니다. 이러한 쾌감은 신비스러우나 확실한 방법으로 직접 우리의 감각에 작용하여 만족감을 줍니다. 음악이 주는 쾌감이 그 한 예입니다.

두 번째 육체적 쾌락은 신체의 편안하고 정상적인 상태, 다시 말하면 어떠한 질병에도 걸리지 않은 건강한 상태로부터 생깁니다. 정신적 불쾌감이 없는 경우에, 건강은 외적 자극이 없어도 그 자체만으로 쾌감을 일으킵니다. 물론 이러한 쾌감은 먹고 마시는 것과 같이 좀 더 생생한 쾌감보다는 덜 분명하고 자극적이지 않지만, 흔히 생애 최대의 쾌락이라고 여겨집니다. 이러한 쾌락은 그 자체만으로도 생활을 즐겁게 만들어 주며, 그것이 없으면 다른 쾌락을 즐긴다는 것은 불가능합니다. 유토피아 사람들은 고통은 없으나 건강하지 못한 상태를 즐거움으로 간주하지 않고 무감각이라고 생각합니다.

어떤 사상가들은 흔히 건강하다는 것이 질병과 대조될 때에만 알 수 있는 것이므로, 한결같이 건강한 상태는 진정한 쾌락으로 여길 수 없다고 주장했습니다. 그러나 유토피아 사람들은 오래전부터 그러한 견해에 반대해 왔으며, 오늘날에는 거의 모든 사람들이 건강이 가장 큰 즐거움이라고 생각하고 있습니다. 왜냐하면 질병에는 필연적으로 고통이 따르므로, 질병이 즐거움의 적이듯이 고통도 즐거움의 적이기 때문입니다.

따라서 고통은 건강과는 정반대의 것이므로 한결같은 건강은 쾌락이라는 것입니다. 그들은 질병 자체가 고통이냐, 또는 질병에 고통이 따르는 것이냐는 점은 문제 삼지도 않습니다. 왜냐하면 그 결과는 같기 때문입니다. 마찬가지로 건강 자체가 쾌락이든 또는 마치 불이 반드시 열을 내는 것처럼 건강이 쾌락을 산출하든 간에 한결같은 건강 상태는 논리적으로 언제나 쾌락이 된다고 생각합니다.

또한 그들은 우리가 음식을 먹을 때 다음과 같은 일이 일어난다고 말합니다. 즉 약해졌던 건강이 음식물과 결합하여 배고픔의 공격을 싸워 물리치는데, 이 전투는 서서히 확대되며 정상적인 힘을 되찾는 과정이 쾌감을 경험하게 만든다는 것입니다. 그리고 이 쾌감은 매우 신선합니다. 굶주림과의 싸움 속에서 건강이 승리를 거두었을 때 어떻게 기뻐하지 않을 수 있겠습니까? 그래서 건강은 질병에 의해서만

의식된다는 사상에 그들은 전혀 동의하지 않습니다.

잠들어 있거나 병들어 있지 않다면, 누구든 기분이 좋다는 것을 명확히 알게 마련입니다. 가장 둔하고 무감각한 사람조차도 건강하다는 것은 즐거움이라는 것을 인정할 것입니다. 그렇다면 즐겁다는 것은 쾌락과 동의어가 아닐까요?

유토피아 사람들은 특히 정신적 쾌락을 좋아하며 가장 중요하다고 생각하기 때문에, 선행을 하고 바른 삶을 살아가려는 양심을 쾌락의 으뜸으로 생각합니다. 물론 먹는 기쁨, 마시는 기쁨이 있다는 것을 인정하지만, 그것은 오로지 건강을 유지하기 위한 것이라고 생각합니다. 그들은 이러한 기쁨 자체가 즐거운 것이라고 생각하지는 않고 질병의 은밀한 침입을 막는 방법이기 때문에 즐겁다고 생각합니다. 현명한 사람은 약을 먹는 것보다는 건강을 유지하는 것을 더 좋아하며, 다른 사람이 주는 즐거움보다는 오히려 스스로 유쾌하게 느끼는 것을 더 좋아한다고 그들은 말합니다.

유토피아 사람들은 '아름다움', '힘', 민첩성' 같은 자연의 특별한 선물에 큰 가치를 두고 있으며, 또한 '보고', '듣고', '냄새를 맡는' 쾌락에 대해서도 그 가치를 인정합니다. 이것은 인간에게만 나타나는 특성으로 동물은 세상의 아름다움을 찬양하거나 어떤 종류의 향기를 즐기거나 화음과 불협화음의 차이를 분별하지 못합니다. 또한 유토피아 사람들은 보고 듣고 냄새를 맡는 일이 삶에 대해 일종의 맛있는 양념 구실을 해 준다고 말합니다. 그러나 이러한 경우에도 작은 쾌락이 큰 쾌락을 방해해서는 안 되며, 쾌락이 고통을 일으켜서는 안 된다는 규칙을 전적으로 지켜야 합니다. 그들은 만일 쾌락이 부도덕한 경우에는 반드시 고통이 생긴다고 생각합니다.

유토피아 사람들은 아무에게도 이익을 주지 못하는 헛된 명성이나 결코 일어나기 어려운 재앙에 대비하기 위해 자기 자신을 단련시키려고 스스로에게 고통을 주는 것은 어리석은 짓이라고 생각합니다. 또한 그러한 행위는 자기 자신을 파멸시키는 행위이며, 자연에 대한 배은망덕한 태도로 생각합니다.

'배부른 돼지'가 되기를 원하는가, 아니면 '배고픈 소크라테스'가 되기를 원하는가? 오늘날 사람들은 '배부른 소크라테스'가 되기를 원할지도 모른다. 인간을 육체와 정신을 가진 동물이라고 정의한다면 육체와 정신이 조화를 이루는 것이 인간의 행복을 결정하는 조건일 것이다. 따라서 육체의 즐거움만 추구하거나 정신의 즐거움만 찾는 것은 올바른 태도가 아닐지도 모른다.

토마스 모어 역시 사람이 행복하려면 어떤 조건이 갖추어져야 하는지에 대해 고민했다. 그가 보기에 인간의 행복은 쾌락에서 오는 것이며 쾌락을 추구하는 것은 인간의 본성적인 요구다. 하지만 다른 사람의 행복을 해치는 쾌락이나 자신을 망치는 쾌락은 절제해야 한다고 보았다. 말하자면 에피쿠로스 학파의 쾌락주의를 바탕에 깔고 스토아 학파의 금욕주의를 쾌락 추구의 기준으로 삼은 셈이다.

모어는 모든 쾌락이 인간을 행복하게 하는 것은 아니며 오직 선하고 정직한 쾌락만이 행복을 준다고 생각했다. 여기서 선한 쾌락은 이성의 명령에 따를 때 얻을 수 있다. 따라서 쾌락을 추구하되 본능에만 충실한 쾌락에는 한계가 있어서 이성의 명령에 따르는 덕을 쾌락 추구의 기준으로 삼았다.

또한 모어는 인간의 정신적 쾌락과 육체적 쾌락 모두 소중하지만 정신적 쾌락이 보다 우위에 있다고 생각했다. 이런 측면을 보면 토마스 모어는 인간의 삶에서 궁극적인 행복은 정신적인 만족에 있다고 생각한 이상주의자라고 볼 수 있다.

6. 배움을 즐기는 사회

저는 이 세상에서 유토피아보다 더 번영한 나라, 유토피아 사람들 보다 더 훌륭한 사람들을 찾아내지 못할 것이라는 한 가지 사실만은 확신합니다. 육체적으로 그들은 매우 활기에 차 있고 정력이 넘치며 키에 비해 힘이 셉니다. 비록 땅은 비옥하지 않고 기후도 좋은 편은 아니지만, 그들은 균형 잡힌 식생활로 나쁜 기후 조건에 대한 저항력 을 기르고 정성어린 경작으로 토지의 단점을 개선합니다. 그 결과 유 토피아는 곡물과 가축 생산의 모든 기록을 깨뜨렸고, 평균 수명은 가 장 길며, 질병에 걸리는 비율은 세계에서 가장 낮습니다.

이와 같이 과학적인 방법에 의해 자연적으로는 불모지에 가까운 국토를 가졌으면서도 오히려 그들은 기적을 이룩해 놓았습니다. 그 렇다고 해서 유토피아 사람들의 재능이 일상적인 농사에만 국한되어 있는 것은 아닙니다. 그들은 숲 전체를 다른 곳으로 옮겨심기조차 합 니다. 생산량 증가를 위해서가 아니라 재목의 운반을 편리하게 만들 기 위해서 바다나 강이나 도시 가까운 곳으로 숲을 옮겨 놓는 것입니다. 재목을 곡물과 같이 육로를 통해 장거리 수송을 하는 것은 쉽지 않기 때문입니다.

이곳의 주민들은 사람들을 좋아하고 총명하며 뛰어난 유머 감각을 갖고 있습니다. 비록 휴식을 좋아하기는 하지만, 필요할 때에는 육체적인 중노동을 할 수 있습니다. 꼭 필요한 경우가 아니면 노동을 좋아하는 편은 아니나 머리를 사용하는 일에는 지칠 줄을 모릅니다.

제가 유토피아 사람들에게 그리스 문학과 철학에 대해 말했을 때, 그들은 간절하게 저의 지도 아래 그리스어 원문을 연구하고 싶어 했습니다. 그래서 저는 처음에는 훌륭한 결과를 가져오리라는 기대 때문이라기보다는 거절하기가 싫어서 그들을 가르치기 시작했습니다. 그러나 학생들이 매우 열심히 공부해서 저의 노력이 헛되지 않았음을 곧 깨달았습니다. 그들은 글자나 발음을 쉽게 익히고 핵심적인 의미를 이해하며 또 그것을 정확히 반복했습니다. 이 과정에 지원하여 정부의 허가를 받은 사람들이 모두 뛰어난 재능을 가진 성숙한 학자라는 사실을 제가 몰랐다면 정말로 믿기 어려운 정도였습니다. 그렇게 해서 3년 이내에 그들은 그리스어를 완전히 배웠고, 원문의 어려운 부분을 제외하고는 훌륭한 저자가 쓴 책을 막힘없이 읽어 내려가게 되었습니다.

저는 네 번째 여행을 떠날 때에 아주 장기간 귀국하지 않을 작정을 했으므로 상품을 포장해 갖고 가는 대신에 책으로 가득 채운 매우 큰 트렁크를 배에 실었습니다. 그러나 유감스럽게도 항해 중에 이 책들을 아무렇게나 방치해 두어 보관 상태가 좋지 못했습니다. 제가 그들에게 준 유일한 문법책은 라스카리스의 문법책뿐이었습니다. 시집으로는 아리스토파네스, 호머, 에우리피데스, 소포클레스의 소형 시집을 주었고, 역사책으로는 투키디데스와 헤로도토스의 것을 주었습니다.

저의 친구 트리시우스 아피나투스는 몇 가지 의학 서적을 갖고 왔는데, 히포크라테스의 분량이 적은 책 두세 권과 갈레노스의 《의학교본》이었습니다. 유토피아 사람들은 이 책들을 매우 귀중하게 보관했습니다. 세계에서 유토피아 사람들보다 의학을 덜 필요로 하는 사람들도 없을 것이지만 의학을 그들보다 더 존중하는 사람들도 없을 것입니다.

그들은 자연에 대한 과학적 탐구는 가장 즐거운 과정일 뿐 아니라 창조주를 즐겁게 해 주는 최상의 방법이라고 생각합니다. 다른 짐승은 이를 이해할 수 없다고 생각하기 때문에 창조주는 우주의 놀라운 구조를 인간에게만 드러내 보여 준다고 확신합니다. 창조주는 우주의 놀라운 구조를 알지 못하는 하등 동물보다 이 놀라운 구조를 조심스럽게 검토하고 실제로 창조주의 작품을 찬양하는 사람들을 더 좋아할 것임에 틀림없습니다.

유토피아 사람들은 지적인 능력을 과학적 탐구에 응용함으로써 일

활발한 인쇄 활동
16세기 유럽의 인쇄소 장면.
15~16세기는 인쇄술의 발달과
활발한 인쇄 활동으로 르네상스
의 인문정신이 유럽에 확산되는
시기다.

단테의 《신곡》
1502년 알디네 출판사에서 출간
된 단테의 《신곡》 앞 장과 차례.

상생활에 유용한 것들을 발명해 내는 데 놀라울 만큼 탁월한 솜씨를 보였습니다. 그러나 인쇄술과 제지술의 두 가지 발명은 우리들 때문에 가능했던 것이기도 합니다. 우리는 인쇄술에 대해 잘 알지 못했기 때문에 이 기술에 대해서 자세히 설명해 줄 수 없어서 인쇄술과 제지술에 관한 아주 약간의 이야기만 들려주었습니다. 그런데도 곧 그들은 그 과정에 대해 예리하게 모든 것을 생각해 내어 인쇄술과 제지술을 습득했습니다. 그때까지 그들은 양피나 나무껍질, 혹은 갈대에 글씨를 써 왔으나 이제는 종이를 제조하고 인쇄기로 인쇄를 할 수 있게 되었습니다.

따라서 원본만 소유할 수 있다면 모든 유토피아인이 원하는 대로 그리스어 서적을 가질 수 있을 것입니다. 하지만 유토피아에는 앞서 말한 책들만 남아 있었고, 이 책들은 이미 수천 부가 인쇄되었습니다.

유토피아 사람들은 어떤 특별한 재능을 가진 사람들이나 많은 여행으로 여러 나라에 대해 잘 알고 있는 외국 여행자들을 매우 환영합니다. 그들이 우리를 환영한 이유도 여기에 있었습니다. 그들은 세계의 다른 곳에서 일어나고 있는 일들에 대해 듣는 것을 좋아하기 때문입니다. 그러나 상인이 유토피아를 찾아가는 일은 드뭅니다. 유토피아인은 철만을 수입하며 금이나 은을 갖고 가 봤자 거기서는 별 소용이 없습니다. 수출하는 경우에도, 다른 나라 사람들이 와서 수출품을 갖고 가는 것보다는 그들 자신이 직접 운반해 주기를 좋아합니다. 이 것은 외부 세계에 대한 견문을 넓히고 항해술을 더욱 발달시킬 수 있 기 때문입니다.

　예로부터 동서양을 막론하고 많은 학자들은 학문과 배움의 즐거 움에 대해서 이야기해 왔다. "배우고 때로 익히면 어찌 즐겁지 않겠 는가?"라는 공자의 말씀도 배움의 즐거움을 아는 사람다운 고백이 었다. 그래서 옛날 선비들은 비록 먹고사는 생활이 어려워도 책 읽기 를 게을리 하지 않았는데, 이는 현실적 보상이 있어서가 아니라 학문 의 즐거움 때문이었을 것이다. 배움의 진정한 의미는 배움에서 오는 즐거움으로, 그것은 아직 모르고 있는 세계에 대해 새롭게 깨닫고 느 끼는 경이감과 보람일 것이다.

　그런 점에서 유토피아는 진정으로 배움을 즐기는 사회다. 유토피 아인은 항상 생필품을 얻기 위한 육체적 노동을 하지만 그보다도 정 신적 노동을 더 좋아한다. 또한 자연과 세계에 대한 탐구를 가장 즐 거운 일이며 창조주를 즐겁게 해 주는 최상의 방법이라고 생각한다.

　그러나 유토피아 사람들은 단순한 지적 호기심과 배움의 즐거움만 을 추구하지 않는다. 배운 것을 토대로 일상생활에 유용한 물건들을 발명하고 불모지에 가까운 유토피아 섬을 이 세상에서 가장 번영한 나라로 탈바꿈해 놓았다.

이에 비해 오늘날 우리 사회는 배움의 즐거움을 추구하는 순수성이 사라진 지 오래되었다. 대학에 가는 것은 오직 사회에 나가 써먹기 위한 학벌 따기에 불과하다. 배우고 연구하는 일은 돈을 벌기 위한 수단일 뿐이며 연구 자체보다는 연구 성과와 실적에 더 관심을 기울인다. 그래서 지적 호기심이 사라지지 않고 배움의 즐거움을 느낄 수 있는 유토피아 사람들과 같은 자세가 더 절실히 요구되는 시대이기도 하다.

7. 최소한의 법률로 유지되는 도덕적 사회

1) 노예 제도

유토피아인이 노예라고 부르는 사람들은 전쟁에서 포로로 잡은 사람들도 아니고 세습적인 노예도 아니며, 외국 노예 시장에서 사들인 자들도 아닙니다. 그들이 노예라고 부르는 사람들은 같은 유토피아 사람들 중에서 범죄를 저질러 자유를 박탈당한 사람들이거나 다른 나라에서 사형 선고를 받고 이 나라로 온 사람들입니다. 그런데 노예들 중에는 후자의 경우가 훨씬 더 많습니다. 유토피아에서는 외국에서 사형 선고를 받은 사람들을 때로는 싼값으로 사오기도 하지만 대부분 돈을 지불하지 않고 데려옵니다.

이 두 가지 유형의 노예들은 모두 사슬에 묶여 중노동을 하는데 유토피아 출신 노예들은 외국인 노예보다 더 나쁜 대우를 받습니다. 모든 유토피아 사람들은 참된 인간이 되어 철저한 도덕적 생활을 하도록 훌륭한 교육을 받아 왔음에도 불구하고 악의 유혹에 빠져 범죄를 저지르는 행위를 아주 경멸스러운 일로 취급하기 때문입니다. 따라서 그런 사람들은 좀 더 가혹한 형벌을 받아야 한다고 생각합니다.

유토피아의 노예들 중에는 또 하나의 부류가 있는데 그들은 외국의 노동자들입니다. 그들은 본국에서 가난에 찌들어 살기보다는 오히려 유토피아의 노예가 되기를 스스로 원한 사람입니다. 이러한 사람들은 더 열심히 일해야 한다는 점을 제외하고는 유토피아 사람들과 거의 비슷한 대우와 존중을 받습니다. 그들이 유토피아에서 떠나기를 원할 때는 자유롭게 떠날 수 있으며 약간의 사례금을 받습니다.

2) 의료 제도와 안락사

유토피아에서는 환자가 생기면 극진히 돌보아 주며, 회복에 도움이 된다고 생각되면 약이든 음식이든 무엇이든지 제공해 줍니다. 불치병에 걸린 환자의 경우에는 간호사가 옆에 앉아 여러 가지 이야기를 하여 기분을 즐겁게 해 주며 증상을 없앨 수 있는 모든 치료를 해 줍니다. 그러나 불치병인데다 극심한 고통을 계속 받는 경우에는 사제와 공직자가 찾아가 다음과 같은 이야기를 합니다.

"솔직히 말해서, 당신은 정상적인 생활을 절대로 하지 못합니다. 당신은 다른 사람에게는 귀찮은 존재처럼 여겨지고 당신 자신에게도 짐이 됩니다. 사실, 당신은 실제로 죽은 사람과 마찬가지 생활을 하고 있습니다. 그런데 당신은 왜 계속 병균을 기르고 있습니까? 당신의 생활이 비참하다는 것을 잘 알면서 왜 주저합니까? 당신은 고문실에 감금되어 있는 것과 같습니다. 당신은 왜 탈출을 해서 더 좋은 세계로 가지 않습니까? 그럴 생각이 있으면 말씀만 하십시오. 그러면 우리는 당신을 해방시킬 준비를 하겠습니다. 당신이 고통에서 벗어나는 것은 현명한 일입니다. 또한 사제는 하느님을 대신해서 말씀하시기 때문에 사제의 충고에 따르는 것은 경건한 행위입니다."

환자가 이러한 권고를 타당하다고 생각하면 스스로 굶어 죽거나, 수면제를 먹는 등 고통 없이 비참한 상태로부터 벗어납니다. 그러나 이것은 어디까지나 자유 의사에 따르게 되어 있어서 만일 환자가 살기를 원한다면 누구나 전과 마찬가지로 친절하게 돌보아 줍니다. 공인된 안락사는 명예로운 죽음입니다. 그러나 사제나 트라니보루스의 허가 없이 자살을 하면 매장이나 화장을 해 주지 않으며 시체를 아무런 의식도 행하지 않고 연못에 던져 버립니다.

3) 결혼과 이혼 제도

여자는 18세가 되어야 결혼할 수 있고, 남자는 22세가 되어야 결혼이 허락됩니다. 혼전 성관계가 밝혀진 남자나 여자는 가혹한 처벌을 받으며 시장이 이 결정을 취소하지 않는 한 영원히 결혼할 자격을 상실합니다. 혼전 성관계가 발생한 가정의 부모는 그들의 의무를 다하지 못하였으므로 공개적으로 망신을 당합니다. 유토피아 사람들은 이러한 일에는 특별히 엄격합니다. 만일 결혼 이외의 성관계를 엄하게 막지 않는다면 결혼을 원하는 사람이 거의 없을 것이기 때문입니다.

배우자를 선택할 때도 그들은 우리에게는 매우 어리석고 우스꽝스럽게 보이는 관습을 엄격하게 지키고 있습니다. 물론 그들에게는 아주 심각하게 생각되는 일입니다. 즉, 결혼하고자 하는 여자는 이미 결혼한 어느 정숙한 부인이 참석한 가운데 자신의 알몸을 장래의 신랑에게 보여 줍니다. 또 남자도 마찬가지로 덕망 있는 남자가 참석한 가운데 발가벗은 자기의 모습을 상대편 여자에게 보여 줍니다. 우리가 웃는 것을 보고 우리들이 이러한 습관을 어리석은 풍속이라고 여긴다는 것을 알게 되자, 그들은 곧 우리를 흉보기 시작했습니다.

"우리는 다른 세계의 결혼 절차를 아주 이상하다고 생각합니다. 당신들이 말을 살 때에는 겨우 몇 푼의 돈이 걸려 있는 문제인데도 온갖 주의를 기울입니다. 말은 이미 발가벗고 있는데도, 당신들은 안장과 다른 마구를 모두 벗겨 내고 그 밑에 혹시 상처라도 없는지 살펴보고 난 후에야 삽니다. 그러나 당신들은 배우자를 선택할 때에는, 결혼이 좋든 나쁘든 간에 일생 동안 지속되어야 할 약속인데도 불구하고 믿을 수 없을 만큼 소홀합니다. 그래서 옷을 벗겨 볼 생각조차 하지 않습니다. 당신들이 볼 수 있는 것은 겨우 상대방의 손바닥만한 얼굴인데, 그 얼굴만 보고 상대방의 전체를 판단하고 결혼까지 하게 됩니다.

그렇게 되면 결혼한 후 상대방의 몸 어딘가에 기분 나쁜 결함이 발견될 경우 평생 화목하지 못하게 될 위험이 다분히 있습니다. 당신들이 관심을 갖는 것은 오직 도덕심뿐이라고 한다면 염려할 필요는 없을 것입니다. 그러나 그 정도로 현명한 사람은 거의 없으며, 때로는 그러한 사람들조차도 결혼한 후에는 육체의 아름다움이 영혼의 아름다움에 적지 않은 영향을 준다는 것을 알게 됩니다. 옷 속에 감추어져 있을지도 모르는 그러한 추한 결함이 남편의 마음을 그의 아내로부터 떼어놓을 수 있으며, 그때에는 헤어지기에 이미 너무 늦어 버립니다. 그러므로 속아서 결혼하는 일이 없도록 법적인 보호가 필요한 것입니다. 물론 아내가 결혼 후에 보기 흉하게 되었다면 남편은 운명을 감수해야 합니다."

유토피아 사람들의 경우 이러한 주의가 특별히 필요합니다. 다른 나라와는 달라서 그들은 일부일처제를 엄격히 지키기 때문입니다. 대부분의 부부는 죽어서야 헤어지는데, 어느 한 쪽이 간통하거나 참을 수 없는 악행을 저질렀을 때는 그렇지 않습니다. 이때 결백한 쪽은 의회로부터 다른 사람과의 결혼 허가를 얻을 수 있고, 잘못을 범한 쪽은 망신을 당하고 평생 독신 생활을 해야 한다는 선고를 받습니다. 그러나 아내 자신의 과실로 생긴 것이 아닌데도 아내가 육체적으로 결함이 있다고 하여 남편이 아내를 버리는 일은 결코 허용되지 않습니다. 그들은 동정이 가장 필요한 때에 아내를 버리는 것은 잔인한 행동이며, 이러한 일이 허용되면 보다 더 보살펴 주어야 할 노년기에 대한 아무런 보장이 없다고 생각합니다.

그러나 때로는 남편과 아내가 모두 배우자를 바꾸면 더 행복해질 것이라고 생각할 경우가 있는데, 이럴 경우에는 원만한 동거 생활이 불가능하다는 이유로 상호 합의하에 이혼이 허용되기도 합니다. 그러나 이 경우에는 트라니보루스들과 그 아내들의 철저한 조사를 거친 다음에야 특별한 허가를 얻을 수 있습니다. 철저한 조사 후에도 이혼 허가를 하는 데 망설입니다. 왜냐하면 쉽게 이혼을 허락해 주면 새로운 결혼에 대한 희망 때문에 부부 간의 애정이 파괴되기 쉽다는 것을 알고 있기 때문입니다.

간통한 자들은 가장 가혹한 노예의 형벌을 받게 됩니다. 간통한 쌍

방이 모두 기혼자일 경우, 피해를 입은 배우자들은 원하면 이혼을 하고 다른 사람과 결혼할 수 있습니다. 그러나 피해자 중에 누군가 그래도 그 못된 배우자를 사랑하여 헤어지지 않으려고 들면 노예가 된 그 배우자의 노동을 거들어 준다는 조건 하에 그들의 결혼 생활이 허용됩니다. 이런 경우 시장은 때로는 죄를 지은 배우자의 뉘우침과 피해자의 성실성에 감동하여 둘 다 석방해 주기도 합니다. 그렇지만 재범의 경우에는 사형 선고를 내립니다.

4) 처벌과 포상 제도

앞에서 제시된 사례 외에는 법률로 규정한 처벌 조치는 없습니다. 의회가 각각의 경우에 따라 적당한 처벌을 결정할 뿐입니다. 범죄가 무거워 공적인 처벌을 해야 하는 경우를 제외하고는 공공의 도덕을 위해서 남편은 아내를 처벌할 책임을, 어버이는 자식을 처벌할 책임을 집니다. 중죄에 대한 통상적인 처벌은 노예로 만드는 것입니다. 유토피아 사람들은 노예로 만드는 것이 사형 선고에 처하는 것과 마찬가지로 재범을 막는 방법이며, 사회를 위해서도 사형에 처하는 것보다 유익하다고 말합니다. 살아 있는 노동자는 죽은 죄수보다 가치가 있고 장기적인 범죄 억제 효과를 거둘 수 있기 때문입니다.

그러나 죄수가 이러한 처벌에 반발하거나 형무소의 규칙을 따르지 않으면 짐승처럼 죽이게 됩니다. 이와 반대로 만일 노예 생활을 참고 견딘다면 그들에게 전혀 희망이 없는 것은 아닙니다. 만일 죄수가 수년 동안의 고통을 치르는 가운데 마음을 바로잡고 자신이 한 일에 대해서도 진심으로 뉘우치는 기색을 보이게 되면, 시장의 재량이나 국민 투표에 의해서 형벌이 감소되거나 취소됩니다.

다른 사람에게 나쁜 일을 하도록 유혹하려다가 실패한 자도 실제로 유혹을 한 자와 마찬가지로 엄중한 처벌을 받습니다. 이것은 다른 범죄에도 적용되는데, 고의로 범죄를 저지르려고 한 자는 법적으로는 범죄를 범한 것으로 간주됩니다. 유토피아 사람들은 범죄를 성공시키려고 온갖 짓을 하다가 미수로 그친 범죄자를 다르게 취급하는 것은 옳지 않다고 생각합니다.

유토피아 사람들은 어릿광대를 아주 좋아합니다. 그래서 그들을 모욕하는 것은 매우 나쁜 행위로 간주합니다. 어릿광대들이 하는 바보스러운 행동을 즐기는 것은 금지되어 있지 않습니다. 유토피아 사람들은 어릿광대가 하는 바보스러운 행동을 즐기는 것은 어릿광대 자신에게도 유익한 일이라고 생각하고 있습니다. 너무도 근엄하고 엄격하여 어릿광대들의 바보스러운 언행에서 아무런 즐거움도 느끼지 못하는 사람에게는 그들을 돌보아 주도록 맡기지 않습니다. 다시 말해서 어릿광대가 가진 유일한 재주인 어리석은 짓을 평가할 줄 모른다면, 어릿광대를 친절하게 대해 줄 리가 없기 때문입니다. 그러나 기형인 사람이나 불구인 사람을 보고 비웃으면, 모든 사람들이 비웃은 사람을 추악하고 보기 흉하다고 생각합니다. 자기 힘으로는 도저히 피할 수 없었던 결점을 비난한다는 것은 아주 바보 같은 짓을 한 것이나 마찬가지로 취급됩니다.

자신의 타고난 아름다움을 간직하려고 노력하지 않는 사람은 아주 게으른 사람이라고 생각하지만, 유토피아 사람들은 화장하는 것을 강력히 반대합니다. 그들은 오랜 경험을 통해 남편이 아내에게서 구하는 것이 육체적인 아름다움이라기보다는 오히려 겸손과 남편에 대한 정중한 태도임을 알고 있기 때문입니다. 아름다운 얼굴은 남자를 사로잡기에는 충분하지만, 남자의 사랑을 지속시키는 데는 훌륭한 성격과 성품이 필요한 것입니다.

유토피아에는 범죄를 억제하는 제도와 마찬가지로 공개적인 포상에 의해 선행을 장려하는 제도도 있습니다. 예를 들면 유토피아 사람들은 사회에 뛰어난 기여를 한 사람들의 동상을 시장에 세워 놓았는데, 첫째는 그들의 업적을 기념하기 위해서이고, 둘째는 그들의 영광을 기억함으로써 다른 사람들이 좀 더 노력을 하도록 자극하기 위해서입니다.

그러나 자기 자랑을 하거나 표를 끌어 모아 관직을 얻으려고 한 사람은 영원히 관직을 차지할 기회를 얻지 못합니다. 공직자는 보통

'아버지'라고 불리며, 그 호칭에 알맞게 행동합니다. 유토피아 사람들은 공직자에게 언제나 존경심을 갖고 있는데, 이는 누가 그렇게 하라고 강요해서가 아닙니다. 시장 자신도 남들과 같은 보통 옷을 입고 특별한 머리 장식을 하지도 않습니다. 마치 대주교가 초를 들고 다니는 것처럼 시장은 한 다발의 곡식을 들고 다니는 것으로 자신의 신분을 나타냅니다.

유토피아에는 단 몇 가지의 법률이 있을 뿐입니다. 유토피아의 사회 제도는 많은 법률을 필요로 하지 않습니다. 사실, 유토피아 사람들은 다른 나라들이 이미 수많은 법률 책과 법률에 대한 해석을 가지고 있으면서도 아직도 충분해 보이지 않는다는 점을 지적합니다. 왜냐하면 그들은 보통 사람들이 너무 길어서 단숨에 읽지 못하거나, 너무 어려워서 이해하지 못하는 법률로 인간을 얽매어 놓는 것은 부당한 일이라 생각하기 때문입니다.

또한 유토피아에는 소송 사건을 교묘하게 조작하고 법률 조항을 교활하게 해석하여 재주를 부리는 변호사가 없습니다. 유토피아 사람들은 각자가 직접 판사에게 자신의 소송 사유를 진술하는 것이 더 좋다고 생각합니다. 그렇게 하면 문제가 모호해지는 경우가 드물며 쉽게 진실을 파악할 수 있습니다. 변호사가 가르쳐 준 거짓말로 진술하는 사람이 없다면, 판사는 모든 능력을 사건의 진상을 밝히는 데 기울일 수 있고, 그래서 교활한 자의 비양심적인 무고를 밝혀내어 정직한 사람을 보호할 수 있기 때문입니다.

　다른 나라에는 다루어야 할 복잡한 법률이 많기 때문에 이러한 제도가 효과적으로 운영되지 못할 것입니다. 그러나 유토피아에서는 이미 말한 것처럼 법률 조항이 아주 적고, 가장 소박한 해석이 언제나 바른 해석으로 간주되기 때문에 누구나 법률 전문가입니다. 유토피아인은 법률의 유일한 목적이 사람들에게 마땅히 무엇을 해야 할 것인가를 일깨워 주는 데 있다고 생각합니다. 그래서 해석이 까다로우면 까다로울수록 해석을 이해하는 사람이 적어질 것이므로 법률의 효력도 더욱 떨어진다고 말합니다. 반대로 단순하고 명백한 법률은 누구나 이해할 수 있어 법률의 효력 또한 커진다고 생각합니다.

　인간 사회가 가장 평화롭고 편안한 인간관계를 맺으려면 어떤 것이 필요할까? 토마스 모어는 많은 법률과 통제를 통한 강제가 아니라 도덕적인 자율성이라고 말한다. 그래서 유토피아에서는 범죄자의 자유를 박탈하여 노예로 삼을 정도로 법을 엄격하게 적용하지만 많은 법률 조항을 갖고 있지 않다. 그러나 도덕적인 자율성이 아무리 높은 사회라 해도 모든 것이 해결되지 않을 수 있으므로 최소한의 법적인 통제를 하는데, 예컨대 중한 범죄자라 해도 사형을 시키지 않고 노예로 만든다는 것이다.

　물론 여기서 말하는 노예도 계급 사회에서의 노예와는 근본적으로 다르다. 노예가 된 범죄자는 자유를 박탈당하고 사회의 통제를 받지만 채찍과 쇠사슬로 다스리는 비인간적인 대우를 받는 것은 아니다. 오히려 자신의 범죄 행위를 뉘우치고 개선의 여지가 있으면 다시 자유를 되찾을 가능성을 갖는다.

다음으로 모어는 매우 독특한 안락사 제도와 결혼 제도를 제안한다. 모어는 고통이 극심한 불치병 환자인 경우 사제와 공직자가 찾아가 환자에게 안락사를 권유하는데 안락사를 권유받은 사람은 자유의사에 의해 죽을 것인가 살 것인가를 결정한다. 이 안락사 문제는 우리나라에서도 논란이 된 적이 있지만 독실한 가톨릭 교도였던 모어가 안락사를 주장한 것은 매우 이례적으로 보인다.

모어는 결혼 제도에서도 매우 진보적인 입장을 보여 준다. 우선 엄격한 일부일처제와 그에 따른 배우자 서로의 도덕적인 순결성 유지를 말하면서, 결혼이란 육체적인 결합도 중요한 것이므로 사전에 육체적인 결함이 있는지를 살펴보아야 한다는 것이다. 이것은 마치 중세 시대의 처녀성 검증에서 생각해 낸 아이디어처럼 보이는데 나름대로 설득력이 있어 보인다.

어쨌든 모어는 어떤 사회든지 그 사회 구성원들이 갖는 도덕성에 의해 그 사회의 선진성이 결정된다고 생각했다. 이상적인 사회란 바로 도덕적 사회를 의미하며 인간의 도덕성은 강제가 아니라 자율에 의해 결정된다는 모어의 생각은 시대를 뛰어넘어 탁월한 의견이라고 하겠다.

8. 전쟁을 혐오하고 평화를 사랑하는 사회

1) 조약 없는 외교

　유토피아인은 많은 미덕을 갖추었기 때문에 몇몇 인접 국가로부터 1년, 또는 5년 기한으로 정부 관리를 파견해 달라는 요청을 받습니다. 물론 국민이 국가 정책을 결정하는 자유를 가진 나라들로부터만 요청이 옵니다. 벌써 오래전부터 유토피아인은 주변의 대다수 국가들을 독재 정치로부터 해방시켰습니다. 임기가 끝났을 때 초청되어 간 관리는 온갖 명예와 존경을 한몸에 받고 귀국하며 다른 유토피아인이 그를 대신하여 파견됩니다.

　확실히 이것은 해당 국가로 볼 때는 매우 현명한 처사입니다. 왜냐하면 한 국가의 복지는 전적으로 통치자의 자질에 달려 있고, 유토피아 사람들은 분명히 이러한 일에는 이상적인 사람들이기 때문입니다. 유토피아 사람들은 돈을 쓸 일이 없는 고국으로 머지않아 돌아가야 하기 때문에 매수되어 부정하게 일을 처리하지 않습니다. 또한 그들은 원주민들을 잘 알지 못하기 때문에 개인적인 친분에 따라 잘못된 결정을 내리는 일도 결코 없습니다. 이러한 자질은 특히 판사에게 중요합니다. 개인적인 선입견과 재물에 대한 탐욕이 법정을 위협하는 두 가지 사악함이며, 이러한 사악함이 난무하면 곧 모든 정의가 무너져 사회는 절름발이가 됩니다.

유토피아 사람들은 관리를 보낸 나라를 가리켜 '동맹국'이라고 합니다. '우호 국가' 또는 '우방'은 그들이 다른 방법으로 도와주는 국가를 말합니다. 다른 나라에서는 조약의 체결, 파기, 수정을 끊임없이 반복하고 있지만, 유토피아인은 이러한 조약을 체결한 적이 없습니다. 그들은 "조약이 무슨 필요가 있는가? 모든 인간은 태어나면서부터 이미 서로 자연적으로 결합되어 있지 않은가? 자연이 맺어 준 근본적인 결합을 중요시하지 않는 인간이라면, 그가 어찌 조약이라는 한마디 문구에 지나지 않는 것을 중요하게 여기겠는가?"라고 묻습니다.

유토피아 사람들이 이러한 견해를 갖게 된 것은 주로 유토피아가 위치해 있는 지역에서는 국왕들 사이에 맺어진 조약이나 동맹이 실제로는 아무 쓸모가 없었기 때문입니다. 물론 유럽에서는, 특히 기독교 권에서의 조약은 보편적으로 신성불가침한 것으로 여겨지고 있습니다. 왜냐하면 첫째는 유럽의 왕들이 착하고 의롭기 때문이며, 둘째는 교황을 아주 존경하고 두려워하기 때문입니다. 아시다시피, 교황 자신이 가장 종교적인 명령을 내릴 뿐만 아니라, 모든 통치자들에게 무슨 일이 있든지 약속은 지켜야 한다는 명령을 내리고 약속을 지키지 않는 통치자에 대해서는 누구를 막론하고 교서(敎書, 교황이 신도들에게 내리는 글)를 통해 맹렬하게 비난합니다.

그러나 유토피아 근처의 세계에서 조약은 전혀 신뢰할 수 없습니다. 조약이 엄숙하게 체결되면 될수록 더 빨리 단순한 문구 상의 허점을 찾아내는 것만으로도 파기되기 때문입니다. 사실은 흔히 이러한 허점을 고의로 원문에 삽입하기 때문에, 그 조약이 아무리 철석같아 보일지라도 언제나 빠져나올 구멍이 있어 조약과 신의를 동시에 깨뜨려 버릴 수 있는 것입니다.

하지만 유토피아인은 아무리 성실하게 조약이 지켜진다고 하더라도 근본적으로 조약에 찬성하지 않습니다. 그들은 조약 때문에 인간이 서로를 적으로 간주하게 된다고 말합니다. 사람들은 작은 언덕이나 강을 사이에 두고 양쪽에 살고 있을 경우 서로를 침략하지 않는다는 특별한 조약이 없다면 서로가 서로를 공격하여 멸망시키는 것은 정당하다고 생각합니다. 그러나 조약이 체결되었다고 하더라도 그들이 우호적인 관계를 맺는 것은 아닙니다. 왜냐하면 조약을 만든 사람들의 부주의 때문에 충분한 금지 규정을 삽입하지 못하면 언제나 상호 간에 침략할 수 있기 때문입니다.

유토피아인은 어떠한 해도 끼치지 않은 사람을 적으로 여겨서는

교황 알렉산더 6세
15세기에 정치와 외교에서 커다란 영향력을 행사한 교황 알렉산더 6세. 《유토피아》에서 언급된 대로 교황은 15세기경 유럽의 최고 권위와 권력의 상징이었다.

첫 번째 교서
1493년 5월 3일에 발부된 첫 번째 교서. 1493년 교황 알렉산더 6세는 네 개의 교서를 내렸는데, 모두 신대륙의 영토 분할과 관련되었으며 라틴어로 기술되었다.

아미앵 조약
프랑수아 1세와 헨리 8세 사이에 맺은 조약. 이 조약이 맺어진
1525년과 1535년 사이에는 영국과 프랑스의 관계가 매우 우호적
이었으나, 영국의 종교 개혁 이후 두 나라 사이의 관계는 급속히 악
화되었다. 토마스 모어는 《유토피아》에서 조약이 단순히 서면상의
약속일 뿐, 실질적인 우호 관계를 유지시키지 못한다고 지적했다.

안 된다고 생각합니다. 또한 인간은 천성적으로 다른 인간에 대해 호의를 갖고 있으며, 따라서 인간은 계약에 의해서보다는 애정에 의해서, 말에 의해서보다는 정신에 의해서 더욱 효과적으로 결합될 수 있다고 생각합니다.

2) 전쟁의 이유

이제 전쟁에 대해서 살펴봅시다. 사실, 유토피아 사람들은 전쟁을 매우 싫어합니다. 인간이 다른 하등 동물보다도 더 전쟁에 몰두하고 있기는 하지만, 전쟁은 참으로 인간 이하의 행동입니다. 실제로 유토피아 사람들은 전쟁이 명예스럽지 않다고 생각하는 이 세상의 유일한 민족입니다. 물론 전투를 해야 할 경우 전투 능력이 없으면 안 되기 때문에 유토피아 사람들은 정기적으로 군사 훈련을 받습니다. 그러나 그들은 침략으로부터 유토피아를 방어하거나 우방 국가의 영토를 침략자로부터 지키거나, 독재 정권의 희생자들을 해방시키는 경우를 제외하고는 거의 전쟁을 하지 않습니다.

그들은 방위 전쟁만이 아니라 침략 행위에 대한 보복 전쟁에서도 '우방국'에 원병을 제공합니다. 그러나 피해국이 호소해 올 때에만 전쟁 가담 여부를 고려합니다. 거기에 사건의 전모를 세밀히 검토하여 피해 받은 사실이 확실히 증명되고 강탈해 간 재산을 피해국에 반환하지 않은 사실 여부를 정확히 파악한 뒤에, 전쟁이라는 수단밖에 남지 않은 경우에 한하여 전쟁에 참여합니다. 그들은 전쟁의 정당한 이유에는 무력에 의한 강탈 이외의 것도 포함된다고 생각합니다. 외국에서 상인들이 불공평한 법 때문에, 또는 법은 공평하지만 고의적인 편견 때문에 불공평한 법적 조치를 받는 경우에는 상인의 권리를 보호하기 위해 강경책을 사용합니다.

우리가 유토피아에 도착하기 얼마 전에, 알라오폴리타에(Alaopolitae, '암흑의 나라'라는 의미)와 전쟁을 시작한 것도 이러한 이유 때문이었습니다. 알라오폴리타에에서 일을 하고 있던 네펠로게타에(Nephelogetae, '구름의 나라'라는 의미)의 실업가들이 법에 속아 희생되었기 때문에, 유토피아는 네펠로게타에에 원군을 보냈습니다. 알라오폴리타에는 몇 차례의 전투를 치른 후 드디어 항복했습니다. 유토피아가 전쟁에 참가한 동기는 이익과는 전혀 관계가 없었기 때문에 유토피아는 아무것도 빼앗지 않았습니다. 그러나 전쟁 이전에는 필적한 상대가 없었던 알라오폴리타에인은 네펠로게타에인의 노예가 되었습니다.

유토피아 사람들은 우방국이 금전상으로 받은 손해에 대해서도 신속히 보복합니다. 그러나 그들은 자신이 받은 손해에 대해서는 훨씬 관대합니다. 유토피아의 상인이 다른 나라에서 사기를 당해 재산상의 손실을 입었을 경우에도 육체적인 피해를 당하지 않는 한, 그들은 그에 대한 합당한 보상을 받을 때까지 그 나라와의 무역 관계를 중지하는 것 이상의 응징은 하지 않습니다. 그렇다고 해서 그들이 자기 나라 사람들을 소홀히 여기는 것은 아닙니다. 다른 나라 사람들은 자신의 사유 재산을 잃기 때문에 사기를 당하는 경우 손해가 크지만, 유토피아인은 이러한 경우 개인적으로 잃은 것이 하나도 없습니다. 다만 국가가 손실을 보는 것입니다. 게다가 손실을 본 물품은 국내 수요를 초과하는 것입니다. 따라서 단 한 명의 유토피아인의 생명이나 생활에도 거의 영향을 미치지 못할 정도의 물건을 잃었다고 해서 그에 대한 복수로 많은 사람을 죽이는 일은 잔인하다고 생각합니다.

그러나 한 명의 유토피아인이라도 외국 정부나 외국인에 의해서 불구자가 되었거나 살해당했을 경우 전혀 다르게 대응합니다. 외교 사절을 파견하여 진상을 자세하게 조사하고 나서 먼저 범인을 인도하라고 요구합니다. 그러나 이러한 요구가 거절당하는 경우 즉시 그들은 전쟁을 선포합니다. 이 사건에 책임이 있는 자들이 유토피아에 인도되지 않는 한 어떠한 양보도 없습니다. 인도된 자들은 사형이나 노예가 되는 처벌을 받습니다.

유토피아 사람들은 자기 나라 사람의 피를 흘리면서 얻는 전쟁의 승리를 좋아하지 않습니다. 오히려 이러한 승리를 수치로 여깁니다. 아무리 귀중한 것이라고 하더라도 지나치게 비싼 값을 치르는 것은 어리석다고 생각하기 때문입니다. 유토피아 사람들이 정말로 자랑스럽게 여기는 것은 적을 지혜로 굴복시키는 것으로, 이러한 승리를 거두었을 경우 개선의 경축식을 열고 영웅적 행위를 찬양하기 위하여 전승 기념비를 세웁니다. 그들은 인간만이 가지고 있는 특별한 능력, 즉 이성의 힘에 의해 획득한 승리만이 인간다운 것이라고 생각합니다.

전쟁을 하는 동안 그들이 원하는 유일한 목표는 그들의 요구 사항을 평화적인 방법으로 얻는 것이지만, 그것이 불가능한 경우에는 상대방에게 혹독하게 보복하여 다시는 감히 그런 부당한 행위를 반복하지 못하게 합니다. 하지만 그들은 가능한 한 위험을 피하는 방법으로 목적을 달성합니다. 언제나 시민의 안전을 제일로 삼고 국가의 위신은 이차적인 것으로 봅니다.

그러므로 유토피아에서는 전쟁을 선포하자마자, 적국에 비밀 첩자를 보내 눈에 띄기 쉬운 장소에 많은 선전문을 붙이게 합니다. 이 선전문은 적국의 왕을 죽인 자에게는 막대한 상금을 준다는 내용으로 되어 있는데, 유토피아 정부의 관인이 찍혀 있습니다. 또한 이 선전문에는 왕을 따라 반(反) 유토피아 정책을 지지한 고위 관리들을 죽인 자에게도 왕의 경우보다는 적지만 상당한 액수의 보상금을 제공한다는 내용도 들어 있습니다. 또한 이런 자들을 생포해 오는 경우에는 죽인 경우보다 두 배의 상금을 주며, 고위 관리들 중에서 동료를 배반하고 유토피아에 귀순한 자에 대해서는 같은 액수의 돈을 제공하고 처벌하지 않는다는 등의 내용이 들어 있습니다.

선전문에 이름이 붙어 있는 고위 관리들은 서로를 불신하게 되어 즉각적인 효과가 나타납니다. 그들은 지속적인 공포에 떨며 살게 되는데, 이것은 아주 당연한 일입이다. 왕을 포함해서 고위 관리들마저 그들이 가장 믿었던 사람에게 배반당하는 일이 자주 일어나기 때문입니다. 사실 사람들은 돈이라면 어떤 짓이라도 하는데, 유토피아인이 상금으로 준비해 둔 돈의 액수는 엄청납니다.

이러한 적국 사람 매수 작전을 다른 나라 사람들은 비열한 마음에서 나온 잔인한 행위라고 비난하지만, 유토피아 사람들은 이것을 매우 자랑스럽게 생각합니다. 왜냐하면 그들은 단 한 번의 실제 전투도 없이 큰 전쟁을 끝내는 것이 가장 현명한 일이라고 생각하기 때문입니다. 또한 몇 명의 죄인만을 희생시키고 수천 명의 무고한 생명을 구하기 때문에 가장 인도적이라고 말합니다. 그들은 아군과 적군에 관계없이 전투 중 전사하게 될 무수한 병사들을 생각하고 있는 것입니다.

만일 이러한 방법이 실패하면, 적국 왕의 형제나 다른 귀족이 왕의 자리를 탐내도록 선동하여 적국 내에 불화의 씨를 뿌리고 이 씨를 기릅니다. 만일 적국에서 내부 분쟁이 가라앉는 기색이 보이면, 유토피아 사람들은 옛날의 영토 소유권을 들먹이면서 적국의 이웃 국가가 적대감을 갖도록 만듭니다. 왜냐하면 모든 왕들은 이런 영토 소유권을 갖고 있었다고 말하기 마련입니다. 유토피아 사람들은 이 이웃 국가가 전쟁을 수행한다면 후원할 것을 약속하며, 약속은 많은 돈을 제공하되 아주 적은 병력을 파견하는 방식으로 지킵니다.

유토피아 사람들은 서로 지극히 아끼므로, 단 한 명의 시민을 희생해서 적국 왕과 바꿀 수 있는 경우가 있더라도 이를 꺼립니다. 그러나 그들은 금과 은을 내놓는 것에서는 조금도 주저하지 않습니다. 그들은 오직 이러한 경우에 대비해서 금·은을 축적해 왔고, 금과 은 전부를 소비해도 그들의 생활 수준에는 아무런 변동도 오지 않습니다. 게다가 국내의 돈 이외에도, 그들은 외국에도 막대한 재산을 소유하고 있습니다. 앞에서 말한 바와 같이 수많은 국가가 그들에게 빚을 지고 있기 때문입니다.

3) 전쟁터의 용병들

유토피아인은 대부분의 전쟁을 용병을 고용하여 치릅니다. 그들은 용병을 세계 곳곳에서 모집해 오는데, 특히 유토피아 동쪽 약 500마일(약 800㎞) 지점에 있는 차폴레타에(Zapoletae, '목숨을 파는 곳'이라는 의미)라는 곳으로부터 모집해 옵니다. 차폴레타에 사람들은 그들이 사는 곳인 원시림이나 험한 산만큼이나 아주 원시적이고 야만적입니다. 그들은 무척 건장해서 혹독한 더위나 추위, 육체적 고통도 견디어 냅니다. 그들은 사치스러운 생활을 알지 못하며 농사도 짓지 않고 옷이나 집에도 무관심합니다. 가축을 기르는 것 이외에 주된 생활 수단은 사냥과 도둑질입니다. 그들은 오직 전쟁만을 위해서 자연이 만들어낸 사람들 같습니다. 언제나 전쟁에 가담할 기회를 찾고 있으며, 이러한 기회를 잡기만 하면 수천 명이 달려가서 싼값으로 봉사합니다. 목숨을 빼앗는 것은 바로 그들이 알고 있는 가장 좋은 생계유지 수단이기 때문입니다.

그들은 고용자를 위해 매우 충성스럽고 열심히 싸우지만, 충성이나 열성이 얼마 동안 계속될는지는 확실하지 않습니다. 그들은 적이 좀 더 많이 지불하면 내일은 적 쪽에 가담하고, 이쪽이 좀 더 지불하면 모레는 다시 이쪽으로 돌아오는 사람들입니다. 그러므로 거의 모든 전쟁에서 이쪽 편에서도 차폴레타에 출신 용병들이 발견되며, 동시에 저쪽 편에서도 많은 차폴레타에 출신 용병들이 발견됩니다.

그러므로 여러분은 항상 어떤 일이 일어나고 있는가를 상상할 수 있습니다. 두 친척이 같은 군대에 들어가고 잠시 동안은 최고의 친구로 지냅니다. 그러나 어느 한순간에 그들은 양쪽으로 갈라져서 서로 숙명적인 원수처럼 싸우게 됩니다. 혈연이나 우정 따위를 모두 잊고 그들은 친척끼리 목을 자르기에 여념이 없습니다. 그들은 하루에 아주 적은 돈만 더 올려 주어도 즉시 적군 측으로 돌아서 버립니다. 그들은 이렇게 탐욕의 유혹에 쉽게 굴복하지만 피를 흘리면서 번 돈을 방탕한 생활로 모두 탕진해 버리기 때문에 아무것도 남는 것이 없습니다.

차폴레타에인은 유토피아인을 위해서라면 세계 어느 민족과도 싸울 것입니다. 유토피아인이 가장 많은 돈을 주기 때문입니다. 아시다시피 유토피아 사람들은 좋은 사람을 고용하기 위해 노력하는 것과 마찬가지로, 나쁜 사람을 찾아내서 이용하는 것에도 열성을 기울입니다. 그러므로 필요할 때는 차폴레타에 사람들을 막대한 상금으로 유혹하여 위험한 전투에 참가시킵니다. 그런데 대부분은 살아서 돌아오지 못해 삯을 요구하지 못하게 됩니다. 그러나 살아 돌아온 자에게는 앞으로도 똑같은 모험을 할 만한 보람이 있다고 생각하도록 하기 위해 약속했던 상금을 언제나 어김없이 지불합니다. 유토피아인은 차폴레타에 사람들이 얼마나 많이 전사하든 상관하지 않습니다. 왜냐하면 유토피아인은 차폴레타에 사람들과 같이 비도덕적이고 사악한 사람들을 지구상에서 완전히 제거해 버리는 것은 인류를 위해 유익한 일이라고 생각하기 때문입니다.

병력이 더 필요한 경우 유토피아인은 먼저 자신들이 싸워 준 나라의 병력을 이용하며, 그다음에는 우방국들이 파견하는 원군을 이용합니다. 그리고 마지막으로 유토피아의 시민들을 전쟁터로 보냅니다. 유토피아 사람들은 시민 가운데 능력 있는 자를 선발하여 연합군의 사령관으로 임명합니다. 또한 두 명의 부사령관도 딸려 보내는데, 사령관이 전사하거나 포로가 될 경우 부사령관 중 한 명이 그 직무를 맡습니다. 그리고 또다시 필요한 경우가 오면 다른 부사령관이 직무를 맡습니다. 이렇게 함으로써 전세를 바꿀 수도 있고, 또한 사령관에게 무슨 일이 일어나든 전군이 일사불란하게 싸우게 됩니다.

유토피아의 군대는 각 도시로부터 온 지원병으로 구성되며 해외에서 진행되는 전쟁에 누구도 강제로 징집하지는 않습니다. 겁이 많은 사람은 좋은 병사가 되기 어려울 뿐 아니라, 자칫하면 다른 병사들의 사기를 쉽게 떨어뜨릴 수 있기 때문입니다. 그러나 유토피아가 침략을 받았을 때에는 겁이 많은 사람이라도 신체만 건강하면 용감한 사람들과 함께 싸우도록 해군에 징집하거나 성벽의 요새에 배치하는데, 어떤 성벽은 도망칠 곳이 없습니다. 실제로 겁 많은 사람들은 적군과 마주치게 될 때 자기들에 대한 소문이 좋지 않게 날 것을 두려워하거나 겁이 나지만 도망갈 길이 없으므로 흔히 공포심을 극복하고 마지막에는 영웅처럼 싸우게 됩니다.

한편, 아내가 남편과 함께 전선으로 가기를 원하는 경우 아내를 고국에 있도록 강요하지도 않습니다. 오히려 이러한 일은 장려되고 칭찬받습니다. 전선에 따라간 아내는 전쟁터에서 자녀 및 다른 가족과 함께 남편의 바로 옆에 배치됩니다. 서로 돕고 싶어 하는 마음이 가장 자연스럽게 생겨나는 사람들을 가능한 한 가까이 있게 함으로써 서로 도울 수 있도록 하려는 것입니다.

남편이 아내를 잃고 돌아오거나, 아내가 남편을 잃고 돌아오거나, 자녀가 부모를 잃고 돌아오는 것은 최대의 불명예입니다. 그렇기 때문에 그들의 군대는 전투를 시작하면 적이 완강히 버티는 한 최후의 한 사람까지 싸움을 계속합니다. 유토피아 사람들은 대리인으로 전쟁을 수행할 수 있을 때까지는 유토피아 사람들을 싸움터에 내보내지 않기 위해 최선을 다하지만, 결국 어쩔 수 없이 그들 자신이 전투에 참가하게 될 때에는 전투를 피하려던 신중성과 맞먹는 용기를 발휘합니다.

유토피아인은 처음부터 맹렬하게 싸우지는 않지만, 시간이 지남에 따라 결의는 더욱 굳어지고 마침내 한 발짝이라도 물러나느니 오히려 죽음을 택하는 데에까지 이릅니다. 그들은 싸움에서 발목을 잡는 가족의 생계나 자녀의 장래에 대해 걱정할 필요가 없기 때문에 패배라는 생각 자체를 하지도 않습니다. 그들의 이러한 확신은 군사 훈련에 의해 키워진 것이기도 하지만 교육과 사회 환경으로 몸에 익힌 건전한 사상으로 확고하게 무장한 결과입니다. 따라서 그들은 생명을 포기하는 것이 의무인 때를 맞이하면, 비열하고 비겁한 태도로 생명에 집착하지 않습니다.

4) 전투와 전술

전투가 한창 무르익으면, 특별히 선발되어 생사를 같이하기로 맹세한 한 무리의 청년들은 온갖 수단을 써서 적군 사령관을 공격합니다. 그들은 쐐기 모양의 대형으로 적군 사령관에 대한 공격을 잠시도 멈추지 않으며, 선두에 선 사람이 지치면 지치지 않은 새로운 젊은이로 대치시킵니다. 그 결과 적군 사령관은 패하여 도망가지 않는 한 거의 전사하거나 포로가 됩니다.

전투에 이겼다고 하더라도 유토피아인은 대량 학살을 하지 않습니다. 일단 적군이 패주하기 시작하면 그들을 죽이기보다는 포로로 잡으려고 합니다.

또한 적어도 한 부대라도 전투 대형으로 남아 있지 않는 한 추격을 시작하지 않는 것이 그들의 규칙입니다. 이 규칙을 엄격히 지키기 때문에 예비대까지 전투에 참가하여 승리를 거두었을 경우, 그들은 적군을 추격하기 위해 대오를 허물어뜨리면서까지 전진하지 않고 오히려 적군 전부를 달아나도록 내버려 둡니다.

이것은 유토피아 사람들이 자신들이 여러 번 쓴 적이 있는 속임수를 기억하고 있기 때문입니다. 적군이 잘 싸워 유토피아의 주력군이 전면적으로 허물어졌을 때, 적군은 승리에 도취하여 뿔뿔이 흩어져서 각 방면으로 추격을 해 온 적이 있었습니다. 이때 기회를 엿보며

매복시켜 두었던 소수의 예비대에 의해 전세가 역전되었습니다. 이렇게 해서 적군이 차지했던 승리를 빼앗아 버리고 패배자는 승리자가 되었던 것입니다.

유토피아인의 공격 전술과 방어 전술 중 어느 것이 더 교묘한가를 말하기는 어렵습니다. 실제로는 후퇴할 생각이 없으면서 후퇴하는 척할 때도 있습니다. 그러나 정말로 후퇴하기로 작정했을 때에는 아무도 눈치를 채지 못하게 합니다. 그들은 병력이나 지리적 조건이 불리하다고 생각하면, 밤중에 소리도 없이 진지에서 물러나든지 또는 적군을 속이는 다른 방법을 써서 후퇴합니다. 때론 대낮에 철수하기도 하는데 완전한 대형을 유지하면서 서서히 철수하기 때문에, 철수할 때 그들을 공격하는 것은 전진할 때 공격하는 것과 마찬가지로 위험합니다.

유토피아 사람들은 진지 둘레에 아주 깊고 넓은 참호를 파서 용의주도하게 진지를 요새화합니다. 파낸 흙은 안쪽으로 던져서 흙벽을 쌓는데 이 일은 노예에게 시키지 않고 병사들 스스로 합니다. 병사 자신의 손을 써서 참호를 파는 것입니다. 이 일에는 갑작스러운 사태에 대비하여 흙벽 앞에 배치한 소수의 무장 보초병을 제외하고는 모든 병력이 동원됩니다. 이렇게 많은 병력이 동원되기 때문에 그들은 믿을 수 없을 만큼 짧은 시간에 넓은 지역을 효과적으로 요새화할 수 있습니다.

그들이 입은 갑옷은 견고하여 적군의 공격을 막아내기에 충분한 한편, 신체의 움직임에 지장을 주지 않기 때문에 수영까지 할 수 있습니다. 사실 그들은 군사 훈련의 초기 단계부터 갑옷을 입고 헤엄치는 것을 연습합니다. 그들의 장거리 사격 무기는 활인데, 기병이든 보병이든 활을 힘껏 정확하게 쏘는 법을 배웁니다. 근접 전투에서는 칼이 아니라 전투용 도끼를 사용하는데, 전투용 도끼는 날이 잘서고 무겁기 때문에 내려찍든 찌르든 적군에게 치명상을 입힐 수 있습니다. 또한 그들은 전쟁 무기를 발명·제조해 내는 능력이 뛰어납니다. 그러나 이 무기를 실전에 사용하게 될 때까지는 조심스럽게 숨겨 둡니다.

그들은 일단 휴전 조약을 맺으면 아무리 상대방의 도발을 받더라도 이를 위반하지 않습니다. 또한 적의 영토를 황폐하게 만들거나 적지의 곡식을 불태워 버리는 일을 저지르지 않습니다. 그들은 이 곡식이 바로 자기 자신들을 위해서 자라고 있다고 생각하기 때문에 군사들이 짓밟지 못하도록 최선을 다합니다.

유토피아인은 무장하지 않은 사람은 첩자가 아닌 한 해치지 않습니다. 그들은 항복한 도시는 보호해 주고 습격해서 점령한 도시라도 약탈하지 않습니다. 단지 항복을 못하게 한 책임자들을 사형에 처하고 살아남은 병사들을 노예로 삼을 뿐입니다. 적국의 시민은 전혀 해치지 않습니다. 항복을 권고한 사람이 발견되면 사형되었거나 노예가 된 사람들이 남긴 재산의 일부를 줍니다. 나머지는 동맹군에게 분배해 줍니다. 유토피아인은 아무도 전리품을 차지하지 않습니다.

전쟁이 끝나면 유토피아 사람들은 전쟁으로 인해 지출된 경비 일체를 패전국에게 부담시키고, 그들의 우방국에게는 한 푼도 부담시키지 않습니다. 왜냐하면 그 경비가 패전국으로 인해 지출된 것이기 때문입니다. 그들은 경비의 일부는 현금으로 요구하고, 나머지는 패전국의 영토 중 쓸모 있는 땅의 소유권으로 요구합니다. 이렇게 해서 유토피아인은 많은 외국으로부터 재산을 획득했으며, 그 수입은 점점 늘어나 현재는 70만 듀컷(유럽의 옛날 통화로 1듀컷은 약 9실링) 이상에 달합니다. 이러한 나라들에는 각각 유토피아 시민을 파견하는데, 그들은 명목상으로는 세금 징수원이지만 실제로는 그 나라에서 호화롭게 살면서 그 지역의 유지 역할을 합니다. 세금 징수원이 쓰고 남은 돈도 상당한 액수가 되는데, 유토피아 사람들은 이 돈을 세금을 바치는 그 나라에 빌려줍니다. 대여 조건은 실제로 유토피아에서 필요하게 될 때 반환한다는 것입니다.

어떤 왕이 유토피아를 침공하기 위한 전쟁을 준비하면, 그들은 대병력을 파견하여 침략군이 국경에 도달하기 전에 저지합니다. 모든 수단을 동원해서라도 그들의 영토 내에서는 결코 전투를 벌이지 않으며, 심지어 동맹군이 섬으로 들어오는 사태로까지 일이 벌어지도록 내버려 두지도 않습니다.

인류의 역사는 전쟁의 역사라고 해도 과언이 아닐 정도로 수많은 전쟁이 있어 왔다. 아무리 이상 국가라 해도 주변의 다른 나라와 더불어 살아가는 한 유토피아 역시 전쟁을 벗어날 수는 없을 것이다. 이 점을 고려하여 모어는 이번 장에서는 유토피아의 전쟁에 대한 태도를 다루고 있다.

모어는 먼저 어떤 경우에 전쟁이 정당화될 수 있는가를 제시한다. 여기에는 유토피아를 침략하거나 유토피아의 우방을 침략하는 나라, 그리고 시민들의 자유를 억압하는 독재 국가가 포함되며, 이들에 대해서는 단호하게 전쟁에 임해야 한다고 말한다. 하지만 그는 전쟁을 대하는 최선의 방법은 직접 싸우지 않고도 문제를 해결하는 방법이라고 보았다. 이것은 엄밀히 말한다면 자국의 군비 강화를 통해 상대국의 침략 의지를 사전에 무력화시키거나 다른 외교적인 수단 등을 사용하여 전쟁이 일어나는 일 자체가 없도록 하자는 전쟁 억제론이라고 볼 수 있다.

또한 모어는 이 전쟁마저도 자국민보다는 용병이나 우방국의 군대를 동원하여 치르도록 하며 자국민의 희생을 최소화해야 한다고 말한다. 하지만 이런 주장에는 약간의 모순이 있다. 그가 유토피아인을 일종의 선민으로 여겨 한 명의 희생도 허락하지 않으면서도 우방국이나 용병들에 대해서는 상대적인 차별을 하였기 때문이다. 모어의 이러한 생각은 유토피아에서 노예 제도를 인정하는 것과 같은 맥

락으로 이해되는데, 인간의 천부적인 평등을 인정하지 않는 의식의 반영이라고 볼 수 있다.

어쨌든 전쟁은 과거나 지금이나 그 자체가 엄청난 인력의 희생과 국력의 소모를 가져오는 재앙이다. 그런 점에서 모어가 말하듯이 전쟁을 치르지 않고 평화적으로 갈등을 해결해야 한다는 사고는 여전히 중요한 의미를 갖는다. 인종과 인종, 국가와 국가의 '차이'를 인정하고 그것을 바탕으로 설득과 협의를 통해 평화를 추구해야 한다는 점은 아무리 강조해도 지나치지 않다. 물론 이런 생각을 이상주의라고 하면서 현실론을 펴는 사람들도 있을지 모른다. 그러나 아직도 인류에게 필요한 것은 전쟁이 없는 미래, 더불어 평화롭게 사는 미래일 것이다.

9. 종교의 자유가 가장 잘 보장되는 사회

1) 그리스도교로 개종한 유토피아인

마지막으로 유토피아 사람들이 어떤 종교를 믿는지에 대해 말씀드리겠습니다. 유토피아 섬 전체는 물론이고 각 도시 안에도 몇 가지 서로 다른 종교가 있습니다. 태양을 숭배하는 사람도 있고, 달을 숭배하는 사람도 있고, 별을 숭배하는 사람도 있습니다. 과거에 위대했거나 덕이 높았던 사람들을 신으로 모실 뿐 아니라 최고신으로 여기는 사람들도 있습니다. 그러나 절대 다수의 사람들은 좀 더 현명한 견해를 갖고 있습니다.

그들은 인간으로서는 알 수 없고 영원하고 무궁하며 말로는 설명하기 어렵고, 또한 인간 이성의 한계를 초월해 있는, 따라서 우리들이 살고 있는 우주 속의 물질이 아니라 하나의 살아 있는 힘으로서 존재하는 유일하고 신성한 존재를 믿습니다. 그러한 신을 가리켜 그들은 '아버지'라고 부릅니다. 유토피아 사람들은 우주의 모든 곳에서 일어나는 모든 일, 즉 온갖 창조와 사멸, 성장, 발전, 변화를 일으키는 것이 바로 이러한 신이라고 믿습니다.

이 섬의 모든 종파가 우주를 창조하고 다스리는 유일한 최고신이 있다는 점에 대해서는 동의하고 있습니다. 각 종파는 이 신을 유토피아어로 '미트라스(Myhras, 페르시아의 '빛의 신'과 같은 말)'라고 부르고 있습니다. 다만 어느 신이 미트라스인가 하는 문제에 있어서는 서로 의견을 달리하고 있습니다. 그럼에도 그들의 최고신이 자연, 즉 우주를 다스리는 유일한 근원과 일체를 이루고 있다고 한 목소리로 주장합니다. 그러나 유토피아 사람들은 점차 모든 저속한 신앙을 타파하고 가장 합리적인 종교로 생각되는 하나의 종교로 일치해 가고 있습니다. 만일 일부 사람들이 따랐던 미신적인 사고만 없었더라면, 다른 종교들은 이미 오래전에 유토피아에서 사라졌을 것입니다.

그런데 우리가 그리스도와 그리스도의 가르침, 그리스도의 기적, 그리고 스스로 피를 흘리면서 많은 민족을 그리스도 신앙으로 개종시키기 위해 노력한 모든 순교자들의 기적적인 헌신에 대해 말해 주었을 때, 유토피아 사람들이 너무 쉽게 개종을 해서 우리를 놀라게 했습니다. 아마도 그들이 무의식 중에 어떤 신비한 영적인 감화를 받았든지, 그리스도교가 자신들이 주로 믿는 종교와 비슷했기 때문일 것입니다. 그리스도가 제자들에게 재산을 공유하는 생활 – 이 생활은 진실한 기독교 공동체에서는 아직도 실천하고 있습니다 – 을 명령했다는 이야기를 듣고 그들은 상당히 감동을 받은 것 같습니다.

어쨌든 상당히 많은 유토피아 사람들이 그리스도교에 귀의해서 세례를 받았습니다.

2) 종교의 자유

물론 유토피아 사람들 중에도 그리스도교를 거부하는 사람이 꽤 많습니다. 그러나 그러한 사람들도 다른 사람들이 그리스도교를 선택하는 것을 말리려고 하지 않으며, 그리스도교를 택한 사람을 공격하지도 않습니다. 내가 그곳에 있을 때, 그리스도교 신도 중의 한 사람이 소란을 피운 일이 있었습니다. 그는 세례를 받자마자 우리가 그러지 말라고 충고를 했음에도 불구하고 그리스도교 신앙에 대해 공개적인 전도를 시작했는데, 지나치게 열성적이었습니다. 결국 그는 너무 열중한 나머지 그리스도교의 우월성을 주장하는 데 만족하지 못하고 다른 종교를 비난하기에 이르렀습니다.

그는 다른 종교는 모두 비열한 미신으로서, 그것을 믿는 자는 불경스런 괴물이며 영원히 지옥의 불속에서 벌을 받을 것이라고 계속해서 소리를 높여 외쳤습니다. 이런 식으로 상당 기간 동안 전도가 계속되자 그는 체포되었습니다. 신을 모독해서가 아니라 공공질서

▲ 크랜머와 크롬웰에게 성경을 전달하는 헨리 8세
영국 국교회를 세우고 수장의 자리에 앉은 헨리 8세가 국교회 수립에 공을 세운
크랜머와 크롬웰에게 성경을 전달하는 모습.

▼ 교서를 불태우는 루터
1520년 로마 교회에 정면으로 도전한 루터가 학생들과 함께 교황의 교서를 공개
적으로 불태우는 장면. 독일의 종교 개혁은 루터가 1515년 로마 교황의 면죄부
판매에 반대하고 '95개조 반박문'을 게시하는 것이 발단이 되어 일어난다.

를 문란하게 했다는 죄목으로 유죄 판결을 받고 국외로 추방되었습니다. 유토피아 헌법의 가장 오래된 원칙은 종교적 관용이기 때문입니다.

이 원칙은 유토푸스가 정복했던 때에 세워진 것입니다. 당시 유토피아에서는 종교에 대한 논쟁이 끊임없이 일어났고, 여러 종파는 종교적인 분쟁에 빠져 국가 방위를 위한 협동조차도 거부했습니다. 유토푸스는 이러한 소모적인 분쟁이 바로 유토피아를 정복할 수 있었던 원인임을 깨달았습니다. 그래서 그는 정복 후 곧 누구에게나 신앙의 자유를 보장했으며, 합리적인 토론에 의해 온건한 전도를 한다면 자신의 종교로 개종시켜도 좋다는 법률을 제정했습니다. 그러나 유토푸스는 다른 사람들을 설득하지 못했을 경우 다른 종교를 심하게 비난하거나, 폭력을 행사하거나, 말다툼을 하는 것은 허락하지 않았습니다. 종교 논쟁에서 지나치게 공격적인 경우에 대한 일반적인 형벌은 국외로 추방하거나 노예로 만드는 것이었습니다.

유토푸스가 이러한 법률을 제정한 것은, 그것이 사회 질서를 유지시킬 뿐 아니라 종교 자체에도 최대의 이익을 가져오리라고 생각했기 때문입니다. 그는 어느 종교가 옳다고 규정하지 않았습니다. 신은 여러 가지 다른 방식으로 숭배받기를 원하므로, 사람에 따라서 다르게 믿을 수 있다고 생각했습니다. 그러나 유토푸스는 자기 자신의 특정한 종교를 믿도록 다른 사람에게 협박하는 것은 어리석고 오만한 행위라고 확신했습니다. 만일 종교가 무력에 의해 결정된다면, 가장 선하고 가장 숭고한 종교는 마치 곡식보다 가시덤불이 더 잘 자라듯이 가장 헛된 미신에 의해 밀려나게 될 것입니다. 가장 간악한 사람일수록 가장 고집이 세기 마련입니다.

그러므로 유토푸스는 종교의 선택은 개개인의 생각에 따라 자유로이 결정할 문제라고 규정지었습니다. 단지 그는 영혼은 육체와 함께 죽는다든가, 우주는 신의 섭리가 아니라 우연에 따라 움직인다든가 하는 인간의 존엄성을 말살시키는 믿음은 엄격하게 금지했습니다. 그래서 유토피아 사람들은 사후에 상과 처벌을 받는다는 것을 확신하게 되었습니다. 그들은 이와 같이 생각하지 않는 사람은, 자신에게 있는 불멸의 영혼을 짐승의 육체와 동일한 것으로 격하시켰으므로 사람 대우를 받을 수 없다고 생각합니다. 더구나 그러한 사람은 유토피아인이라고 할 수 없습니다. 왜냐하면, 만약에 처벌되지 않을 수 있다고 믿는 사람은 개인적 이익을 위해 언제든지 그 나라의 법률을 침해하려고 할 것이기 때문입니다. 사실 이러한 사람은 가장 경멸해야 할 사람으로 여겨집니다.

그러나 이러한 사람들도 신앙 문제로 처벌을 받는 일은 없습니다. 개인의 신앙에 대해 죄를 물을 수 없기 때문입니다. 또한 유토피아 사람들은 위선이 실제로 사기와 동일하다고 생각하여 몹시 싫어하기 때문에, 남들을 협박해서 자기의 견해를 감추도록 강요하지도 않습니다. 그렇지만 이들이 공개적으로 자신의 신앙을 변호하는 것은 불법입니다. 그들이 사제 또는 지식인들과 개인적인 토론을 하는 것은 허용할 뿐 아니라 적극적으로 장려합니다. 왜냐하면 유토피아인은 토론을 통해 이성의 힘으로 종교적인 환상을 고칠 수 있다고 확신하기 때문입니다.

3) 죽음과 영혼

유토피아 사람들은 영혼의 존재를 믿습니다. 유토피아에서는 죽은 다음에 무한한 행복이 인간을 기다리고 있다고 실제로 믿기 때문에 병이 든 것을 슬퍼하기는 하지만 죽음을 슬퍼하는 사람은 하나도 없습니다. 그러나 죽음을 두려워하고 혼쾌히 받아들이지 않을 때는 다릅니다. 유토피아 사람들은 이것을 나쁜 징조라고 생각합니다. 그 영혼이 자신의 죄를 알고 있고, 이에 따라 막연하게나마 닥쳐올 처벌을 예감하기 때문에 죽음에 대한 공포가 생긴다는 것입니다.

게다가 그들은 신의 부름을 받았을 때 억지로 끌려오는 사람을 신이 반가이 맞아 주지는 않을 것이라고 생각합니다. 그래서 유토피아 사람들은 이러한 죽음을 보면 침통한 침묵 가운데 장례식을 치릅니다. "신이여, 이 영혼을 가엾이 여기시고 그의 나약함을 용서하소서."라고 말하고 나서 시체를 묻습니다.

그러나 기쁜 희망을 갖고 즐겁게 죽은 사람에 대해서는 아무도 슬퍼하지 않습니다. 그들은 장례식에서 찬송가를 부르며 고인의 영혼을 신에게 맡깁니다. 끝으로 그들은 슬퍼하기보다는 오히려 존경하는 마음으로 시체를 화장하고, 그 자리에 고인의 공적이 적혀 있는 비석을 세웁니다. 그리고 집으로 가서 고인의 인격과 생애에 대해 이야기하는데, 그들이 가장 유쾌한 마음으로 회상하는 것은 고인이 행복한 마음으로 죽었다는 것입니다.

이와 같이 고인의 훌륭한 성품을 회상하는 것이 살아 있는 사람들에게 똑같은 덕을 권장하고, 고인을 즐겁게 해 주는 최상의 방법이라고 생각합니다. 고인은 비록 사람의 눈에 보이지 않지만, 이러한 이야기를 그들 옆에서 듣고 있다고 믿습니다. 왜냐하면 완전한 행복에는 완전한 행동의 자유가 포함되고, 죽었다고 해서 생전에 아주 친밀하던 친구들을 보고 싶은 감정이 사라지는 것은 아니기 때문입니다. 그러므로 그들은 고인이 살아 있는 사람을 자유롭게 찾아다니며 살아 있는 사람의 언행을 일일이 지켜본다고 믿습니다. 그래서 유토피아 사람들은 조상이 함께 있다는 생각 때문에 남몰래 나쁜 짓을 하지 않습니다.

4) 신앙과 봉사

유토피아 사람들은 다른 나라에서 존중하는 예언이나 점, 온갖 미신 등을 거들떠보지 않습니다. 오히려 이러한 미신에 대해 하는 말을 농담처럼 가볍게 생각합니다. 그러나 그들은 자연의 힘이라 믿어지지 않는 기적에 대해서는 대단한 존경심을 갖고 있습니다. 기적을 신의 존재와 신의 전능에 대한 증거라고 생각하기 때문입니다. 그들은 유토피아에서는 이러한 기적이 자주 일어난다고 말합니다. 실제로 위기가 닥쳤을 때 모든 국민은 기적을 기원하는데, 그들의 신앙이 매우 독실하기 때문에 때로는 기원이 성취되기도 합니다.

대부분의 유토피아 사람들은 자연을 연구하고 그 자연을 창조한 신을 찬양하기만 하면 신을 즐겁게 만들 수 있다고 생각합니다. 그러나 종교에 몰두한 상당히 많은 사람들은 지식 탐구를 소홀히 하고 있습니다. 그런 사람들은 과학에 흥미를 갖지 못하는데, 사후의 행복을 얻는 길은 오직 선행에 일생을 바치는 것이라고 믿기 때문입니다.

어떤 사람은 환자를 돌보고 어떤 사람은 길을 고치거나 도랑을 치거나 다리를 수리하거나 잔디·모래·돌을 파내거나 나무를 잘라 내서 켜거나 재목·곡식 등을 도시로 운반하거나 하는 일을 합니다. 요컨대 그들은 노예처럼 살며 노예보다 더 심한 노동을 하는데, 사회의 일뿐만이 아니라 개인의 일도 열심히 거들어 줍니다. 또한 대가를 바라지 않고 사람들이 싫어하거나 피하는 힘든 일도 기꺼이 맡아서 합니다.

이들은 두 부류로 나뉩니다. 한 부류는 독신주의를 고집합니다. 독신주의자들은 이성과의 성관계를 전혀 갖지 않을 뿐 아니라, 소·돼지 등의 고기는 물론 모든 고기에 대해서 금욕합니다. 그들은 이 세상의 모든 쾌락을 죄악으로 여기고 거부한 채, 오로지 내세만을 동경합니다. 그렇지만 그들은 어느 때인가는 내세에 이르리라는 희망 때문에 생기 있고 쾌활하게 살아갑니다.

한편 다른 부류의 사람들은 힘든 노동을 중요하게 여기는 것에는 똑같이 동의하지만 결혼에는 찬성합니다. 그들은 결혼이 주는 위안을 무시해서는 안 되며, 대를 잇는 것은 자연과 국가가 부여한 의무라고 생각합니다. 노동을 방해하지 않는 한 쾌락에도 반대하지 않습니다. 그들은 원칙적으로 고기를 먹으면 더 열심히 일할 수 있다고 생각하기 때문에 고기를 먹습니다. 유토피아 사람들은 일반적으로 이러한 사람들을 앞에서 말한 독신주의자들보다 더 현명하다고 생각합니다. 이런 종류에 속한 사람들을 유토피아 말로 부트레스카에 (Buthrescae)라고 부르는데, 이 말을 번역하면 '매우 신앙심이 깊은 자 (속세의 사제)'라는 뜻입니다.

5) 사제의 권위와 역할

유토피아의 사제들은 신앙심이 깊으며 그 수가 매우 적습니다. 보통 한 도시에 열세 명, 한 교회에 한 명이 있습니다. 그러나 전쟁 때에는 열세 명 중 일곱 명은 군대와 함께 출전하고, 임시 대행자 일곱 명이 새로 임명됩니다. 군대에 따라갔던 사제가 돌아오면 그들은 이전의 자리로 복귀하며, 임시 대행자들은 주교 밑에서 일하다가 정규의 사제가 죽었을 때 생기는 빈자리를 차례대로 이어받습니다.

사제는 시민 전체에 의해 선출됩니다. 선거는 모든 공직과 마찬가지로 어떤 압력도 없도록 비밀 투표로 실시되며, 후보자가 선출되면 사제단 회의에서 임명합니다. 사제는 예배를 주관하고 교회 사무를 보며, 공중 도덕을 감독할 책임을 갖습니다. 범죄에 대한 실제적인 억제와 처벌은 시장과 공직자가 처리하고, 사제는 단지 충고나 경고를 할 뿐입니다. 그러나 사제는 뉘우치지 않는 죄인을 파문할 수 있는데, 파문보다 더 두려운 형벌은 없습니다. 파문된 자는 그 명예가 완전히 땅에 떨어질 뿐 아니라 신의 복수가 두려워서 벌벌 떨고 신체적인 안전도 위협받게 됩니다. 사제가 파문된 자가 뉘우쳤다는 것을 인정해 주지 않으면 불경죄로 체포되어 처벌을 받습니다.

사제들은 또한 어린이와 청소년들의 교육도 책임집니다. 이들에 대한 교육에서 학문적 훈련에 못지않게 도덕심이 강조됩니다. 감수성이 예민한 어린이들에게 사물에 대한 올바른 사상, 곧 그들의 사회 제도를 유지하는 일에 유익한 사상을 심어 주기 위해 최선을 다합니다. 어릴 때에 철저히 몸에 익혀 두면 이러한 사상은 어른이 된 후에도 지속되며, 결국 국가의 안전에도 크게 기여하게 됩니다. 국가에 대한 위협 중에는 잘못된 사상으로부터 생기는 도덕적 결함보다 더 심각한 것이 없습니다.

남자 사제에게는 결혼이 허용됩니다. 여자가 사제가 되는 것에 대한 제약은 없으나 사제로 선출되는 경우는 드물고, 선출된다고 하더라도 나이든 과부로 제한합니다. 사실 사제는 유토피아에서 가장 훌륭한 여인을 아내로 삼습니다. 사제보다 더 존경을 받는 공직은 없기 때문입니다. 사제는 범죄를 거의 저지르지 않습니다. 사제가 극소수인데다가 신중하게 선출되기 때문입니다. 뛰어난 후보들 중에서 뽑혔고, 오로지 그의 도덕심 때문에 임명된 사람이 갑자기 악해지는 것은 실제로 거의 일어날 수 없습니다.

유토피아의 사제들은 국내에서와 마찬가지로 해외에서도 존경받습니다. 싸움터에서 일어나는 일을 보면 그들이 존경받고 있는 이유를 알 수 있습니다. 전투가 벌어지고 있을 때, 사제는 싸움터에서 얼마 떨어지지 않은 곳에 꿇어앉아 두 손을 하늘을 향해 쳐듭니다. 그들은 첫째로 평화를 위해 기도하고 다음에 희생이 없는 승리를 기원합니다. 유토피아 군대가 승리를 거두면 사제는 즉시 전쟁터로 달려가 불필요한 모든 폭력을 제지합니다. 사제가 나타나면 적군 병사는 단지 사제를 소리쳐 부르기만 해도 생명을 구할 수 있고, 또 적군 병사가 사제의 너풀거리는 성의를 만졌을 때에는 그의 재산도 안전하게 보호됩니다. 이렇게 사제는 어느 나라에서나 존경을 받고 절대적인 권위를 갖고 있어서 적군을 보호해 주기도 하고 때로는 유토피아 군인을 보호해 주기도 합니다.

6) 종교 의식

유토피아 사람들은 매달 첫날과 마지막 날, 그리고 매해 첫날과 마지막 날을 종교적인 축제일로 정하고 있습니다. 그들은 태양의 움직임에 따라 해를 나누고, 달의 움직임에 따라 달을 헤아립니다. 해와 달의 첫 날을 유토피아 말로 키네메르니(Cynemerni)라고 부르고, 마지막 날을 트라페메르니(Trapemerni)라고 부릅니다. 이것은 '시작을 위한 축제일'과 '끝을 위한 축제일'이라는 뜻입니다.

유토피아의 교회는 건물이 화려할 뿐만 아니라 매우 크고 웅장합니다. 아시다시피 교회의 수가 매우 적어 많은 인원을 동시에 수용할 수 있어야 하기 때문입니다. 그런데 교회 안은 어두침침합니다. 너무 밝으면 사람들의 주의력이 산만해지지만, 희미한 빛은 생각을 모으고 종교적 분위기를 고양시키는 데 도움이 된다고 사제들은 생각했습니다.

물론 모든 사람에게 공통되는 동일한 형태의 종교는 없습니다. 그러나 여러 가지 종교가 있지만, 마치 여러 갈래의 길이 하나의 목적지에 닿아 있는 것처럼 그 목적은 동일합니다. 곧 신성한 존재를 숭배하는 것입니다. 그러므로 그들의 교회에서는 모든 종교에 보편적으로 적용될 수 있는 의식과 설교만을 행합니다. 개별적인 종파의 특별한 의식은 집에서 개인적으로 행하고, 공동 예배는 개인적 의식을 손상시키지 않는 범위 내에서 행합니다.

따라서 교회에는 어떠한 신상(神像)도 세워 놓지 않으며 각자는 자기 나름대로 신의 모습을 자유롭게 상상하고 자기가 속한 종교가 최고라고 생각합니다. 또한 신을 특별한 명칭으로 부르지도 않습니다. 신은 단지 미트라스라고 불리는데, 이 말은 어떤 신을 믿든 간에 최고신을 일컫는 일반 명칭에 불과합니다. 마찬가지로 자기 자신의 특별한 신앙에 대한 선입견 없이 모든 사람이 참여할 수 있는 기도만이 허용됩니다.

'끝을 위한 축제일'에는 하루 종일 단식을 하고, 저녁에 그해 또는 그 달을 무사히 지내게 해 준 신에게 감사드리고자 교회에 갑니다. 다음 날('시작을 위한 축제일') 아침에 사람들은 교회에 모여서 방금 시작한 한 해, 또는 한 달 동안 행복과 번영이 깃들기를 기원합니다.

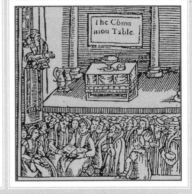

▲ 미트라스
미트라스는 원래 고대 페르시아의 '빛의 신'을 뜻하는데, 유토피아 사람들은 자신들의 최고신을 미트라스로 불렀다.

▼ 간소화된 교회
헨리 8세의 아들 에드워드 6세는 교회 안의 성상과 성화를 최소화하고 사제와 일반인들 사이의 거리를 좁히도록 유도하였는데, 이는 유토피아 섬의 예배 방식과 유사하다. 왼쪽 그림은 교회 안의 성상들을 떼어내는 장면이며, 오른쪽 그림은 설교대 가까이에서 예배를 드리는 신도들의 모습이다.

그러나 '끝을 위한 축제일'에는 교회로 가기 전에 집에서 아내는 남편 앞에, 자녀는 부모 앞에 무릎 꿇고 앉아서 그동안의 태만과 죄를 모두 고백하고 용서를 빕니다. 이렇게 해서 가정의 분위기를 어둡게 하던 모든 먹구름을 제거하고 누구나 밝은 마음으로 신성한 예배에 참석합니다. 맑지 못한 마음으로 예배에 참석하는 것은 신을 모독하는 행위로 여겨집니다. 그러므로 노여움이나 원한을 품은 사람은 화해를 해서 불쾌한 감정이 가실 때까지는 교회에 나가지 않습니다. 그렇지 않으면 즉각 엄중한 벌이 내릴 것이라고 두려워하기 때문입니다.

유토피아 사람들은 교회에 들어가면 남자는 오른쪽으로 여자는 왼쪽으로 가며, 각 가정에서 가장 나이 많은 남자 어른은 앞에 앉고, 또 가장 나이 많은 여자 어른은 뒤에 앉아서 그 가정의 사람들을 지켜봅니다. 이와 같이 함으로써 가정 교육을 책임지고 있는 사람들이 가족 구성원들이 공개 석상에서 하는 행동을 관찰할 수 있도록 합니다. 나이 어린 사람들은 나이 많은 사람 옆에 앉도록 세심한 배려를 합니다. 어린이들끼리 앉으면 종교적인 외경심을 배워야만 할 시기에, 교회 안에서 쓸데없는 일로 시간을 낭비해 버릴 우려가 있다는 것입니다.

유토피아 사람들은 결코 동물을 제물로 바치지 않습니다. 그들은 자비로운 신이 도살이나 피를 즐긴다는 상상조차 하지 않으며, 신은 자신의 피조물이 살아서 활동하기를 원하기 때문에 피조물에게 생명을 부여한 것이라고 말합니다. 대신 그들은 여러 가지 향료를 태우고 촛불을 많이 켜 놓습니다. 향료의 향기, 촛불의 빛, 기타 의식이 경건한 마음을 불러 일으켜 더욱 열심히 신을 숭배하게 만든다고 생각하기 때문입니다.

신도들은 흰 옷을 입고 사제는 바느질 솜씨가 뛰어난 화려한 색의 성의를 입습니다. 그러나 성의는 값싼 천으로 만든 것으로, 금실로 짰거나 진기한 보석으로 장식한 것이 아니라 오직 여러 가지 새의 털로 장식했을 뿐입니다. 한편 예술품이라는 차원에서 보면 성의의 가치는 값진 재료로 만든 세계의 어떤 예술품보다도 높습니다. 또한 새털은 신성한 진리를 상징하는 특별한 모형에 따라 짜 넣습니다. 이 상징들은 신도에 대한 신의와 사랑, 신에 대한 그들의 의무, 그리고 신도 서로의 의무를 의미합니다.

이러한 성의를 입고 사제가 모습을 드러내는 순간, 신도들은 모두 교회 바닥에 엎드려서 경의를 표하고 교회 안은 침묵으로 가득 찹니다. 정말로 신이 나타나기라도 한 듯이 엄숙해지는 것입니다. 몇 분 후, 사제는 신도들에게 일어나라는 손짓을 합니다. 그러면 신도들은 음악에 맞추어 찬송가를 부릅니다. 그런데 이 악기들은 대체로 유럽의 악기들보다 소리가 듣기 좋습니다. 그들의 음악은 성악이든 기악이든 자연적인 감정을 놀라울 만큼 잘 표현하고 있습니다. 주제가 기도든, 환희든, 흥분이든, 냉정이든, 슬픔이든, 분노든, 음과 감정이 일치해서 곡조가 적절한 감정을 정확히 표현합니다. 그러므로 청중의 마음속 깊이 스며들어 상당한 감동을 불러 일으킵니다.

예배는 사제와 신도가 정해진 기도문을 외우는 것으로 끝납니다. 이 기도문은 모인 사람들이 함께 외면서도 각자가 각자 자신을 위해 기도하는 것처럼 느끼도록 작성되어 있습니다. 기도문은 다음과 같습니다.

"주여, 저는 당신이 저를 창조하시고 지배하시며, 모든 훌륭한 것이 당신으로부터 나온다는 것을 믿습니다. 저는 당신의 모든 은총에 감사합니다만, 그중에서도 가장 행복한 사회에 살면서 가장 진실한 종교를 믿게 해 주신 데 대해 감사합니다. 만일 제 생각이 잘못된 것이라면, 만일 당신의 마음에 드시는 더 좋은 종교나 사회 제도가 따로 있다면 당신의 은총으로 저에게 알려 주옵소서. 그러시면 저는 어디든지 인도하시는 대로 따라가겠나이다. 그러나 만일 우리의 제도가 진실로 최상이고 우리의 종교가 최선이라면 저로 하여금 사회와 종교에 충실하도록 해 주시고, 또한 나머지 인류도 같은 생활 방식과 같은 종교적 신앙을 갖도록 인도해 주소서.

당신이 저를 당신 곁으로 부를 때, 안락한 죽음을 허락해 주소서. 죽음을 일찍 주시기를 빌거나 더 오래 살기를 비는 것은 아닙니다. 그러나 만일 당신의 뜻이라면, 저는 이 세상의 삶이 아무리 즐겁고 죽음이 아무리 고통스럽더라도 당신과 멀리 떨어져 있기보다는 당신 곁으로 가기를 바라옵니다."

이 기도를 마친 다음에 그들은 다시 몇 분 동안 교회 바닥에 엎드렸다가 일어나 점심을 먹으러 갑니다. 나머지 시간은 오락과 군사 훈련으로 보냅니다.

토마스 모어는 원래 독실한 가톨릭 신자였다. 하지만 그는 영국뿐만 아니라 유럽 곳곳에서 벌어진 종교 간, 종파 간의 소모적 갈등을 보면서 다른 종교에 대한 관용과 허용이 시급함을 느꼈다. 그래서 종교의 다양성이 인정되는 사회를 제시한 것이다. 유토피아에는 많은 종교가 있으나 서로 다른 종교를 인정하고 각자에게 맞는 신앙을 갖는다. 이를 위해 종교의 자유를 법률로서 보호하는데, 다른 종교를 비난하는 경우 국외로 추방하거나 노예로 전락시키는 등 엄격하게 처벌한다.

그런데 여기서 한 가지 재미있는 것은 '교회'를 모든 종파가 공동으로 사용하고 공동 예배를 드리게 하자는 내용이다. 서로 다른 신을 모시고 서로 다른 예배 절차를 갖는 사람들이 공동의 예배 장소를 사용한다는 것은 쉽지 않은 일이다. 그럼에도 토마스 모어가 그와 같은 예배 의식을 주장한 것은, 다른 종교에 대한 진정한 이해를 유도하고 형식보다는 내용에 충실한 예배 의식을 강조하기 위함일 것이다. 사실 이렇게 모든 종교의 사람들이 공동의 기도문을 가지고 공동 예배를 드리다 보면 다른 사람의 종교를 인정하고 이해하는 폭이 넓어질 것이다.

《유토피아》에도 언급되지만 우리는 종교적으로 미성숙한 사람들이 다른 종교를 비이성적으로 비난하는 경우를 종종 볼 수 있다. 특정 종교를 강요하고, 다른 종교를 비난한다는 것은 기본적인 인간의 자유를 침해하는 행위다. 모든 사람은 자신의 신앙을 스스로 선택할 권리를 가지며 그것은 누구도 간섭해서는 안 되는 권리다.

이런 점에서 토마스 모어가 보인 종교에 대한 생각은 매우 이성적이며 탁월하다. 그 자신은 최선의 종교로 그리스도교를 선택하고 있으면서도 다른 사람들의 종교적 자유를 이 정도로 넓게 이해하려 했다는 점에서 그렇다. 그런 점에서 토마스 모어는 대단히 냉철하고 이성적인 종교적 이상주의자로 보인다.

10. 공동의 이익을 추구하는 사회

지금까지 저(라파엘)는 유토피아의 제도에 대해 가능한 한 정확하게 설명했습니다. 제 생각으로는 유토피아는 세계에서 가장 좋은 국가일 뿐 아니라 공화국(공화국은 주권이 다수의 국민에게 있는 나라로, 모어가 살던 시대에는 베니스를 제외하고 공화국을 자칭하는 나라가 거의 없었다.)이라고 부를 수 있는 유일한 국가입니다. 다른 곳에서는 사람들이 입만 열면 공공의 이익을 말하지만, 실제로는 개인의 이익만을 추구하고 있습니다. 그러나 유토피아에서는 사유 재산이 없기 때문에 사람들은 사회에 대한 의무를 성실히 수행합니다.

이는 당연한 일입니다. 다른 나라에서는 아무리 번영하고 있다고 하더라도 자기 자신을 스스로 돌보지 않으면 굶어죽게 된다는 것을 누구나 알고 있습니다. 그러므로 사람들은 사회의 이익보다 개인의 이익, 곧 자신의 이익을 우선으로 하지 않을 수 없습니다. 그러나 유토피아에서는 모든 것이 공동 소유이기 때문에 공동 창고가 가득 차 있는 한, 가난을 두려워할 필요가 없습니다. 누구나 공정한 분배를 받기 때문에 가난한 사람이나 거지가 있을 수 없습니다. 재산을 가진 사람은 하나도 없으면서 모든 사람이 한결같이 부자인 것입니다.

이런 나라에서는 누구나 쾌활함, 마음의 평화, 불안으로부터의 해방과 같은 그 무엇보다도 큰 재산을 갖고 있습니다. 유토피아 사람들은 식량을 걱정하거나 딸의 지참금을 마련하기 위해 애쓸 필요가 없습니다. 이렇게 되면 그들 자신과 아내는 물론, 자식, 손자, 증손자 등 자손이 많아지더라도 집안에 항상 먹을 것이 충분하며 언제나 행복할 것입니다. 또한 나이가 들어 일을 못하게 되더라도 아직 일하고 있는 사람들과 마찬가지로 장래가 보장됩니다.

그렇다면 누가 감히 유토피아의 공정한 제도를 다른 나라의 정의와 비교할 수 있을까요? 다른 나라에서 제가 정의나 공정성을 조금이라도 보았다면 저는 신의 벌을 받아도 좋습니다. 다음과 같은 일들을 어떻게 정의라고 부를 수 있을까요?

귀족이나 금세공업자나 고리대금업자는 전혀 일을 하지 않거나, 일을 하더라도 불필요한 일만 하는데도 호화롭고 풍족한 생활이 보장됩니다. 그러나 노동자, 마부, 목수, 농부는 황소처럼 끊임없이 여러 가지 일을 합니다. 게다가 그들은 꼭 필요한 일만 하므로 만일 그들이 일을 멈추면 어떤 나라든 1년 안에 망할 것입니다. 그런데 그들은 어떻게 지내고 있나요? 제대로 먹지도 못하고, 황소가 오히려 더 잘 지낸다고 해도 좋을 만큼 비참한 생활을 하고 있습니다. 적어도 황소는 사람들처럼 긴 시간 동안 일하지 않아도 되며, 먹이도 즐길 수 있을 만큼 나쁘지는 않고, 더구나 장래를 걱정할 필요도 없습니다. 하지만 노동자나 마부나 농민은 노동에 허덕거릴 뿐 아니라, 가난한 노년기를 걱정합니다.

이른바 귀족, 금세공업자 따위에게 많은 보수를 아낌없이 주면서 농부나 석탄 운반 노동자, 마부, 목동 등과 같이 그들이 없으면 사회가 유지될 수 없는 사람들을 위해서는 친절한 배려를 하지 않는 사회 제도가 공정하고 정의롭다고 할 수 있을까요? 사회를 위해 일하는 이런 사람들이 늙고 병들어 완전히 가난해지면 그 비참함은 최고점에 이릅니다. 그들이 한창 나이였을 때는 실컷 부려먹고 결국은 그들을 비참함 속에서 죽게 내팽개칩니다. 뿐만 아니라 부자들은 개인적인 속임수에 의해서만이 아니라 공공의 입법까지 동원해서 가난한 사람들의 몇 푼 안 되는 임금마저 줄이고 있습니다. 부자들은 불평등을 더욱 심화시키고 심지어는 속임수를 법적인 정의라고 왜곡시키기까지 합니다.

사실 저는 현재 세계에 퍼져 있는 사회 제도를 생각해 볼 때, 이 제도는 부자들이 자기네들의 이익을 증진시키는 음모 외에는 아무것도 아니라고 생각합니다. 부자들은 우선 부정하게 획득한 재산을 안전하게 지키기 위해서, 그다음으로는 가난한 사람들의 노동력을 가능한 한 싸게 사기 위해 온갖 사기와 잔재주를 피웁니다. 부자들이 이러한 사기와 잔재주를 사회가 공인하도록 만들어야겠다고 마음먹으면 곧 법률이 됩니다.

그런데도 이런 사람들은 유토피아에서보다 더 행복하게 살지 못하고 있습니다. 유토피아에서는 돈과 돈을 벌려는 열망이 동시에 제거되었기 때문에 많은 사회 문제가 해결되었고 많은 범죄가 사라졌습니다. 돈을 더 이상 사용하지 않는다는 것은 매일매일의 처벌로도 막지 못하는 온갖 범죄 행위, 곧 사기, 절도, 강도, 언쟁, 난동, 싸움, 반란, 살인, 배신, 독살 등이 없다는 것을 말하기 때문입니다. 그리고 돈이 폐지되는 즉시로 공포, 긴장, 불안, 과로 그리고 일로 밤새우는 것도 사라질 수 있습니다. 또한 돈이 만들어 내는 빈곤이라는 문제도, 돈이 존재하지 않게 되면 곧 사라져 버립니다.

이 점을 좀 더 자세히 설명하겠습니다. 흉년이 들어서 수천 명이 굶어 죽게 되는 해를 생각해 봅시다. 저는 단정하는데, 흉년이 든 해의 마지막 날에 부잣집 곳간을 샅샅이 뒤진다면 영양실조와 질병으로 생명을 잃은 사람들을 먹이고도 남을 만큼 충분한 곡식을 찾아낼 수 있을 것입니다. 저 축복받은 발명품이라는 알량한 돈이 없었더라면, 누구나 쉽게 충분한 음식을 얻을 수 있을 것입니다. 그렇게 된다면, 식량을 더 쉽게 분배할 수 있는 제도가 만들어졌을 것입니다. 실제로 식량을 얻기 힘들게 만드는 유일한 방해물은 돈이기 때문입니다.

저는 부자도 이러한 사실들을 모두 잘 알고 있으며, 불필요한 것을 많이 소유하는 것보다는 필요한 것을 소유하는 것이 훨씬 현명하다는 것을 깨닫고 있다고 확신합니다. 그리고 저는 만일 모든 재앙의 뿌리인 오만이라는 괴물이 없었더라면 자기 자신의 이익을 위해서, 또는 그리스도의 권위를 위해서 옛날에 벌써 유토피아의 제도를 채택하게 되었으리라고 믿습니다. 오만은 번영의 기준을 자기 이익에 두지 않고 남의 비참함과 불이익에 두기 때문입니다. 오만은 마구 부려먹으면서도 고생하는 꼴을 즐길 수 있는 열등한 계급이 없으면, 아무리 낙원이라고 하더라도 들어가려고 하지 않을 것입니다.

그러나 이러한 결점은 인간의 천성에 깊이 뿌리박혀 있어서 쉽게 근절될 수 없는 것이기 때문에, 제가 보편적으로 채택되기를 바라는 제도가 적어도 한 나라에서는 발견되고 있다는 사실에 만족하지 않을 수 없습니다. 유토피아 사람들은 자신들의 생활 방식을 통해 문명 사회를 위한 가장 행복한 기반을 이룩하고 있을 뿐 아니라, 인류가 존속하는 한 영원히 지속시킬 그런 기초를 마련했습니다.

유토피아 사람들은 악덕과 함께 야심, 정치적 분쟁 등 모든 좋지 않은 행위의 근원을 제거해 버렸습니다. 그러므로 유토피아에는 굳건한 도시들을 파멸로 몰아넣는 내분의 위험이 전혀 없습니다. 그리고 유토피아가 국내의 단결과 건전한 통치를 유지하는 한, 이웃 나라의 왕들이 유토피아의 힘을 약화시키거나 동요하게 만들지는 못할 것입니다. 이웃 나라 왕들은 과거에 여러 번 이와 같은 일을 시도했으나 언제나 실패했습니다.

라파엘이 이와 같이 이야기를 하는 동안, 나(토머스 모어)로서는 이해가 되지 않는 여러 가지 의문점이 머리에 떠올랐다. 나는 그 나라의 법률이나 관습 중에는 우스운 것이 아주 많다고 생각했다. 그들의 군사 전략, 종교, 예배 형식도 그렇지만 특히 유토피아의 사회 전체가 기반으로 삼고 있는 것, 곧 돈을 사용하지 않는 공동 생활과 공유 제도는 특히 이해할 수 없는 것이었다. 돈을 사용하지 않는 공유 제도는 본질적으로 귀족 정치의 종말을 의미할 것이며, 따라서 어떤 나라에서나 진정한 영광으로 여겨지는 모든 권위와 고귀함, 그리고 존엄성의 종말을 의미하는 것이다.

그러나 나는 라파엘이 오랫동안 이야기를 하느라 피곤해졌다는 것을 알 수 있었고, 따라서 자신의 의견과 반대되는 의견에 얼마나 반론을 펼 수 있을지 의심스러웠다. 그때 나는 다른 사람의 의견을 헐뜯지 못하면 바보 취급을 받을까 봐 겁을 내는 사람들에 대해 그가 말한 풍자적인 비판이 생각났다. 그래서 유토피아의 제도에 대해 몇 가지 칭찬을 하고 흥미 있는 이야기를 들려준 데 대해 감사해 했다. 그 후 나는 저녁 식사나 하자고 그의 팔을 잡고 집 안으로 들어가면서 그가 이야기했던 여러 가지 문제들에 대해 다음에 다시 한번 진지

유토피아어 알파벳과 4행시

《유토피아》 원작에는 가상의 유토피아 알파벳과 그것으로
만든 4행시가 실렸다. 토마스 모어는 4행시를 라틴어로
옮겨 놓고 《유토피아》를 마무리한다.

나의 유토포스는 섬이 아닌 곳에서 섬을 만드셨으니,
모든 나라 중에서 오직 나 혼자 철학이 없이
인간을 위한 철학 국가를 만들었다.
기꺼이 나는 내 물건을 나누어 주고,
기꺼이 더 나은 것을 받아들이리.

하게 토론할 기회를 달라고 청했다.

나는 진정으로 언젠가 그와 이 문제를 다시 토의하게 되기를 바라고 있다. 라파엘이 학식과 경험이 풍부한 사람임에는 틀림없다고 생각했으나, 그의 이야기에 전적으로 동의할 수는 없었다. 그러나 나는 유토피아 공화국에는 많은 장점이 있으며, 이러한 장점을 유럽에서 본받아 주기를 – 거의 기대할 수 없는 일이지만 – 바라고 있다는 것을 솔직히 인정한다.

이제까지 거의 알려지지 않은 유토피아 섬의 법률·제도에 관한
라파엘 히드로다에우스의 오후 이야기의 끝.
매우 뛰어나고 학식이 많은, 런던의 시민이며 사정장관보인
토마스 모어의 기록.

토마스 모어는, 《유토피아》 제2권의 마지막에서 표현하고 있듯이 어떤 사회에서 일하며 기여를 하는 사람들, 즉 노동자, 마부, 목수, 농부가 존중받지 못하고 귀족이나 고리대금업자처럼 일하지 않으면서 부귀영화를 누리는 사람들이 법과 제도를 이용하고 지배하는 사회를 부도덕한 사회로 보았다. 그래서 그는 공유 재산 제도를 시행하며 국민에 의해 대표자가 선출되는 국가, 즉 공화국을 가장 이상적인 나라로 들었다.

역사적으로 살펴보더라도 영국의 경우 《유토피아》가 출간된 지 약 100년 후에야 입헌 군주제가 시행되었고, 프랑스의 경우는 약 200년 후인 1789년 프랑스 대혁명을 계기로 세습 군주제가 폐지되었다. 따라서 모어가 가장 이상적인 정치 체제로 본 공화국이라는 개념은 절대왕정 시대인 당시로서는 매우 혁명적인 생각이었다고 할 수 있다.

《유토피아》가 출간된 지 약 500년이 지난 오늘날에도 여전히 인류가 꿈꾸는 이상 사회는 실현되지 않았다. 그러나 인류는 끊임없이 인간의 자유와 평등을 확대하려고 노력해 왔으며, 보다 풍요로운 삶을 향해서도 한 걸음 한 걸음 전진해 왔다. 모어 스스로도 지적했듯이 현실의 문명 세계에서 유토피아와 같은 생활 방식이 널리 채택되기를 기대하기는 어려울지도 모른다. 그러나 인간이 사회적 존재인 한, 인간은 앞으로도 계속해서 또 다른 유토피아를 꿈꿀 것이다. 인간이 인간을 억압하는 세상이 없어질 때까지 인간은 여전히 희망을 안고 유토피아를 꿈꾸며 살아갈 것이다.

두 통의 편지

토마스 모어는 유토피아 섬에 대한 사실성을 높이기 위해서 재미있는 서술 방식을 취했다. 먼저 이 책의 화자로 나오며 이야기를 전달해 주는 사람이 바로 책의 지은이 토마스 모어 자신이라는 점이다. 그는 오랫동안 여행을 했던 라파엘 히드로다에우스와 우연히 만나서 그가 여행 다녔던 곳들, 특히 유토피아 섬에 대한 이야기를 전해 듣는다. 그리고 모어는 라파엘이 들려준 이야기를 기억해서 서술했다는 식으로 이야기한다.

또한 본문에 들어가기 이전에 가상 인물 피터 자일스와 부스라이덴에게 보내는 두 통의 편지를 통해 유토피아 섬의 실재를 설명하는 방식으로 독자들을 설득한다. 그는 피터 자일스에게 보낸 편지에서 만약 라파엘이 탐험 결과 보고서를 이미 썼고 책으로 펴낼 예정이라면 자신은 기꺼이 《유토피아》를 출간하지 않을 것이라고 능청을 떨면서 유토피아 섬에 대한 사실성을 높이고 있다.

이와 같은 서술 형식을 통해 토마스 모어는 현실 세계에는 존재하지 않지만 유럽의 현실적인 문제점을 해결할 수 있는, 따라서 가장 이상적이라고 생각할 수 있는 사회의 모습을 그려 낸 것이다.

토마스 모어가 피터 자일스에게 보낸 편지

친애하는 피터 자일스 씨

저는 유토피아 공화국에 대한 이 보잘것없는 책을 보내며 부끄러움을 금치 못합니다. 귀하께서는 6주 이내에 책을 받아 보리라고 기대하셨을 텐데, 제가 거의 1년을 기다리게 했으니까요. 아시다시피 저는 이 책을 쓸 때, 주제를 찾거나 그에 따른 형식을 구상하는 등의 문제로 고민할 필요가 없었습니다. 제가 한 일이란 그저 라파엘 씨가 우리에게 들려준 이야기를 되풀이하는 것뿐이었기 때문입니다.

라파엘은 모든 이야기를 즉석에서 생각나는 대로 했고, 라틴어가 그리스어만큼 능숙하지 못했기 때문에 화려한 미사여구를 쓰지는 않았습니다. 따라서 제가 그의 말을 옮겨 적는 일은 그다지 어렵지 않았습니다. 뿐만 아니라 꾸밈없이 소박한 그의 표현을 최대한 살리는 일이 이야기의 진실에 가장 가까워지는 것이며, 진실에 가까워지는 일이 이 작업에서 가장 중요한 일이라 생각했습니다. 때문에 저는 들은 것을 그대로 옮겨 적는 일만을 했을 뿐입니다.

이 일은 쉬운 일이었습니다. 그러나 다른 일에 쫓기다 보니 이와 같이 아주 쉬운 일을 할 시간조차 내기 힘들었습니다. 저는 법관으로서 또 변호사로서 여러 사건들을 해결하느라 시간을 낼 수가 없었습니다. 또한 업무상 혹은 예의상 거의 매일 사람들을 방문해야 했습니다. 사실 저는 하루 종일 다른 사람들과 함께 밖에서 지냈고, 그 나머지 시간은 가족과 함께 보내야 했습니다. 그러니 글을 쓸 시간을 거의 낼 수 없었습니다.

이렇게 지내다 보니 날이 가고 달이 가고 해가 바뀌었습니다. 그렇다면 귀하는 저에게 도대체 언제 글을 썼느냐고 묻고 싶겠지요. 사실 저는 잠자는 시간과 식사 시간을 줄여 글을 썼습니다. 그러나 이 시간 또한 충분치는 않아서 작업은 매우 더디게 진행되었습니다. 그럼에도 불구하고 적은 시간들이 조금씩 모여 마침내 《유토피아》가 완성되었습니다.

피터 씨, 저는 귀하가 이 글을 읽고 제가 빠뜨린 점을 말씀해주기를 바라면서 이 책을 보냅니다. 제가 기억력에는 꽤 자신하는

편이지만, 그래도 하나도 빠뜨리지 않았다고는 말할 수 없기 때문입니다.

아시다시피 그 자리에는 제 젊은 조수 존 클레멘트도 함께 있었습니다. 저는 교육적 가치가 있다고 생각되는 대화에는 그를 꼭 동석시켰는데, 그 이유는 그가 이미 라틴어와 그리스어에 뛰어난 소질을 보이고 있어 언젠가 두각을 나타낼 것이라는 기대가 있었기 때문입니다. 그런데 한 가지 점에서 그는 저를 혼란스럽게 했습니다. 제가 기억하기로는 라파엘 씨가 말한 아마우로툼에 있는 아니드루스 강 위의 다리 길이는 500야드인데, 존은 아니드루스 강폭이 300야드를 넘지 않는다는 이유에서 200야드로 줄여야 한다고 했습니다.

귀하가 기억을 더듬어서 정확한 길이를 알려주실 수 있을는지요? 귀하가 존의 의견에 동의하신다면 저의 실수를 인정하고 당신의 말을 따르겠습니다. 하지만 당신이 완전히 잊으셨다면, 제가 기억하는 대로 쓰겠습니다. 아시다시피 저는 아는 사실을 올바르게 전달하기 위해 애쓰고 있으며, 혹 책 속에 의심스러운 부분이 있다면 그것은 의도적인 것이 아닙니다. 어디까지나 저는 뛰어난 사람이 되기보다는 정직한 사람이 되고자 합니다.

　가장 간편한 해결책은 귀하가 구두로나 편지로 직접 라파엘 씨에게 물어보는 것이겠지요. 또 다른 중요한 한 가지 문제가 남아 있으므로, 귀하는 어차피 그렇게 하셔야 할 것입니다. 저와 귀하, 그리고 라파엘 씨 중 누구의 잘못인지는 모르겠으나, 우리는 유토피아가 어디에 있는가 하는 점을 묻지 않았고, 또 라파엘 씨도 말해 주지 않았습니다. 저는 이 점을 보충할 수만 있다면 제가 가진 적은 재산이나마 모두 버릴 용의도 있습니다. 그 이유는 첫째 그 섬이 어느 바다에 있는지도 모르면서 그 섬에 대해 썼다는 것은 바보 같은 일이라 생각되고, 둘째 그 섬에 가 보기를 원하는 한두 명의 영국인이 있기 때문입니다. 특히 매우 경건한 어떤 신학자가 유토피아 방문을 열망하고 있습니다.

　그러므로 피터 씨, 가능하다면 라파엘 씨를 직접 만나거나 또는 편지를 보내서 저의 책에 거짓이 하나도 없고 오직 진실만이 있도록 도와주시기를 부탁드립니다. 아마도 이 책을 그에게 보여 주는 것이 가장 좋겠지요. 그분이야말로 잘못을 바로잡을 수 있는 유일한 사람이며, 또한 그분도 이 책을 자세히 읽지 않고서는 잘못을 바로잡기 어려울 테니까요. 게다가 이 책을 보여 줌으로써 그의 탐험 결과를 제가 기록한 것에 대해 그가 어떻게 생각하고 있는가 하는 점도 알 수 있을 것입니다. 그가 스스로 탐험 결과를 기록해서 발간할 계획을 갖고 있다면 제가 이 책의 출간을 삼가는 것이 좋겠지요. 또한 저는 유토피아의 이야기를 설익은 채 공개해서, 초판의 신선함이 사라지는 것을 전혀 바라고 있지 않습니다.

사실을 말씀드린다면 저는 이 책의 출간 여부를 아직도 결정짓지 못하고 있습니다. 그러니 말씀드린 대로 라파엘 씨와 만나 주십시오. 다른 문제들은 뒤에 생각해 보겠습니다. 라파엘 씨가 반대만 하지 않는다면 이 책의 출간 여부는 친구들의 뜻, 특히 귀하의 충고에 따르겠습니다.

당신과 매혹적인 부인께 행운을 빕니다. 그리고 계속 도와주시고 바르게 가르쳐 주시기를 바랍니다.

토마스 모어 드림

피터 자일스가 부스라이덴에게 보낸 편지

존경하는 부스라이덴 귀하

며칠 전에 귀하의 훌륭한 친구인 토머스 모어 씨가 저에게 《유토피아》의 원고를 보내 주셨습니다. 현재 유토피아 섬에 대해 아는 사람은 매우 적지만, 앞으로 많은 사람들이 알고 싶어 할 것입니다. 왜냐하면 이 책은 플라톤의 《국가》와 같은 종류의 책이지만, 특히 재능 있는 저자에 의해 쓰여진 까닭에 《국가》 이상의 책이라고도 말할 수 있기 때문입니다. 모어 씨가 유토피아에 대해 마치 눈으로 직접 보듯이 생생하게 그려 놓았기 때문에, 라파엘 씨가 직접 들려줄 때보다도 책을 읽으면서 유토피아 섬을 더 선명하게 그려 볼 수 있었습니다. 라파엘 씨가 이야기를 썩 잘했는데도 말입니다.

라파엘 씨는 다른 사람이 한 이야기를 옮긴 것이 아니라, 직접 그곳에서 오랫동안 살면서 경험한 바를 말해 주었습니다. 개인적으로 저는 그가 율리시스보다도 더 많이 세계를 돌아보았다고 믿고 있으며, 적어도 지난 800년 동안에 그와 같은 인물은 없었다고 생각합니다. 베스푸치의 견문이 보잘것없는 것이라고 여기게 만들 정도로 말입니다. 무엇보다 그는 특별한 말솜씨를 갖고 있었습니다.

우리들은 흔히 들은 것보다는 직접 본 것을 더 잘 묘사할 수 있다고 생각하지만, 모어 씨의 이야기를 읽으면서 이같은 생각을 바꾸지 않을 수 없었습니다. 같은 이야기를 그림같이 정확히 묘사한 것을 보면서 저는 마치 유토피아에 살고 있는 듯한 착각에 빠졌습니다. 정직하게 말씀드리면, 저는 라파엘 씨 자신이 5년 동안 유토피아에 살면서 보고 들은 것보다도 더 많은 것을 모어 씨의 글에서 배울 수 있다고 믿습니다. 매 쪽마다 상당히 긴 이야기를 놀라운 솜씨로 한마디도 빼놓지 않고 재생시킨 정확한 기억력, 지금까지 모르고 있던 모든 사회악의 현실적인 원인과 잠재적인 원인을 파악하는 재주, 문체의 힘과 유려함, 다양한 이야기를 정확하고 힘찬 라틴어로 다룬 능력, 이것들 가운데 어느 것에 최대의 칭찬을 보내야 할 것인지 알 수 없을 정도입니다. 그러나 귀하와 같은 훌륭한 학자는 이러한 점에 놀라지는 않으실 것입니다. 더군다나 귀하는 이미 그를 잘 알고 계시며, 또한 그의 초인적이라고 할 수는 없지만 경이적인 재주에 익숙하십니다.

모어 씨가 간 다음에 라파엘 씨가 우연히 유토피아의 알파벳과 함께 보여 준 유토피아 말로 쓰여진 4행시를 첨가한 것 이외에 저는 그가 쓴 것에 전혀 보탤 것이 없습니다. 다만 저는 약간의 주(註)를 붙였을 뿐입니다. 그런데 모어 씨는 이 섬의 정확한 위치를 몰라서 적지 않게 염려했습니다. 그러나 라파엘 씨는 그 문제에 대해 지나가는 말처럼 매우 간단하게 대답했습니다. 마치 뒤에 그 문제를 다루기라도 할 듯이 말입니다. 그래서 우리로서는 알 수 없는 이유로 해서 그 문제를 놓쳐 버렸습니다. 라파엘 씨가 이 이야기를 하려는 순간 모어 씨의 하인이 와서 모어 씨와 귓속말을 나누었습니다. 저는 주의해서 들으려 했는데도 배에서 감기에 걸린 것으로 생각되는 라파엘 씨의 동료가 심한 기침을 하는 바람에, 그의 말을 정확하게 알아듣지 못했습니다.

그러나 저는 반드시 이 섬의 위치에 대해 정확하게 알아내서 당신께 위도나 기타 등등에 대해 알려드리겠습니다. 저의 친구

라파엘 씨가 아직도 건강하게 지내고 있다면 말입니다. 왜냐하면 그에 대한 몇 가지 이야기를 들었기 때문입니다. 어떤 사람의 말을 들으면 그는 여행 중 사망했다고 합니다. 또 어떤 사람은 그가 고국으로 돌아갔다고 합니다. 또 다른 사람은 그가 유토피아에 향수를 느끼고, 또한 유럽인의 처세 방식에 견딜 수 없어서 유토피아로 돌아갔다고도 합니다.

귀하는 지리책에 유토피아에 대한 언급이 전혀 없는 것을 이상하게 생각하실 것입니다. 그러나 이 문제는 라파엘 씨 자신이 적절하게 해명하고 있습니다. 그는 고대인들은 그 섬을 다른 이름으로 불렀을지도 모르며, 혹은 그런 이름을 들어 본 적이 없을지도 모른다고 말했습니다. 왜냐하면 옛날 지리책에는 언급되어 있지 않았던 나라들이 오늘날 발견되고 있듯이 말입니다. 그러나 모어 씨와 같은 권위 있는 인물이 있는 만큼, 저는 이 점을 입증하는 논의를 더 이상 하지 않도록 하겠습니다.

저는 모어 씨가 이 책의 출판을 주저하는 겸손한 심정을 충분히 이해하고 또 존경합니다. 그러나 개인적으로 저는 이러한 책이 결코 오랫동안 묻혀 있어서는 안 되며 가급적 빨리 출판되어야 한다고 생각합니다. 가능하다면 귀하가 추천사를 써 주시면 좋겠습니다. 귀하는 모어 씨의 재능을 잘 알고 있기 때문입니다. 또한 여러 해 동안 공직에 종사했고 지혜와 인품에 대해 많은 사람들이 찬탄하는 사람보다 건전한 사상을 대중들에게 소개해 줄 만한 더 적절한 자격을 가진 사람이 어디 있겠습니까?

학문의 위대한 보호자이며, 동시에 이 시대가 영광으로 여기는 인물인 귀하의 행운을 빕니다.

1516년 11월 1일 앤트워프에서

피터 자일스 드림

《유토피아》, 어느 곳에도 없으나 누구나 꿈꾸는 나라

1. 토마스 모어, 그의 시대와 생애

중세에서 근대로의 변화

토마스 모어는 중세 말인 1478년에 태어나 근대 초인 1535년, 반역죄로 사형을 받아 단두대의 이슬로 사라졌다. 그가 성장하고 교육받았던 시기는 기독교의 강한 영향을 받은 중세 말이었으나, 법관과 정치가로 활약한 무대는 근대 사회가 열리기 시작한 영국이었다. 다시 말해, 모어가 살았던 당시는 전반적인 변화의 시대였다. 사상 분야에서는 르네상스와 종교 개혁이 일어났으며, 자연 과학 및 경제 분야에서는 지동설이 등장하고 신항로의 개척과 신대륙의 발견에 이은 상업 혁명이 발생하는 등 초기 자본주의가 형성되기 시작했다. 따라서 토마스 모어가 체험하며 자신의 사상을 형성해 갔던 중세에서 근대로의 변화 과정은 모어와 《유토피아》를 이해하기 위한 밑바탕이라고 할 수 있다.

먼저 르네상스는 중세의 신 중심 인간관에서 인간의 자유로운 이성과 감성을 중시하는 근대적인 인간관으로의 변화를 가져온 운동으로 토마스 모어에게도 많은 사상적 영향을 미쳤다. 르네상스는 신과 교회, 성직자에 대해 무조건 복종하라는 중세적인 세계관을 반대하여 고대 그리스의 감성을 바탕으로 하는 이성적인 인간관, 즉 인간의 존엄성을 믿는 휴머니즘의 입장을 되살린 운동이다. 이런 르네상스는 말 그대로 고대 그리스 정신의 부활이라고도 할 수 있는데, 이 운동을 주도했던 사람들을 인문주의자라고 불렀다. 토마스 모어는 인문주의자의 대표인 에라스무스와 절친한 친구였으며 인문주의를 옹호하는 입장이었다.

그의 생애 중 비교적 후반기에 일어난 종교 개혁은 가톨릭 교회의 세속화와 무조건적인 신앙의 강요에 대한 반발로 일어난 운동이다. 루터의 '95개조 반박문'으로부터 시작됐던 이 운동은, 가톨릭 교회가 면죄부를 남발하는 타락상을 보이고 세속적인 권력과 마찬가지로 현실의 권력 투쟁에 개입하자 이를 비판하고 초기 기독교 정신으로 돌아가자는 운동이었다.

종교 개혁에 찬성했던 사람들은 반(反)가톨릭적인 입장과 가톨릭 내에서의 점진적인 개혁을 지지하는 입장으로 나뉘게 되는데, 루터와 영국 국교회(성공회)는 앞의 입장을, 토마스 모어와 에라스무스 등은 뒤의 입장을 지지했다.

영국 국교회의 성립은 뒤에서 헨리 8세와 관련하여 자세하게 다루겠지만, 다른 종교 개혁과는 달리 국왕 헨리 8세의 이혼과 관련된, 정치적 성격을 띤 사건이었다. 가톨릭 교회가 헨리 8세의 이혼을 허용하지 않자 영국 교회가 국왕을 교회의 우두머리로 인정하면서 가톨릭 교회와의 결별을 선언하게 되는데, 토마스 모어는 이 이혼에 반대하는 바람에 반역죄로 처형된다. 어쨌든 종교 개혁은《유토피아》에도 나오지만 신앙의 자유와 밀접하게 관련되어 있었고, 모어는 가톨릭 신자였지만 각 개인이 어떤 신앙을 갖든 침해해서는 안 된다는 입장이었다.

마지막으로 신항로의 개척과 신대륙의 발견, 그리고 초기 자본주의를 이끌던 상업 혁명 등은 사회 경제적인 대변화의 현상들이었다. 나침반의 등장과 인쇄술의 발전, 지도의 등장, 항해술의 발전 등이 이룬 신항로 개척과 신대륙 발견은 유럽 사회가 중세 봉건주의 사회에서 근대 자본주의 사회로 발전해 나가는 계기가 되었다. 새로운 무역로가 개척되고 새로운 시장이 늘어나면서 유럽의 공업 생산력은 엄청난 발전을 보였다. 또한 목가적이던 농촌 경제는 무너지고 공업이 중심이 된 도시 경제가 발전하게 된다.

《유토피아》제1권에서도 그려지고 있듯, 나침반과 베스푸치의 신대륙 발견, 양모 공업의 발전과 그에 따른 농민들의 비참한 몰락, 귀족과 성직자의 횡포와 속임수 등의 현상은 역사적으로는 발전이라고 표현할 수 있지만 "유순한 양이 사람을 잡아먹는다."는 모어의 표현대로 심각한 사회 문제를 일으켰다. 가진 자가 더 많은 돈과 더 많은 부를 차지하기 위해 행한 혹독한 법의 실행과 횡포는 모어가 《유토피아》를 쓰게 된 직접적인 동기이기도 했다.

이렇게 토마스 모어는 중세에서 근대로 변화되는 역사의 소용돌이 한 가운데에서 종교적으로는 중세적이라 할 가톨릭 신앙을, 사상적으로는 근대적이라 할 휴머니즘을 바탕으로 자본주의 초기의 무차별한 수탈과 억압에 맞서 사람답게 사는 세상 유토피아를 꿈꾸게 된다. 그래서 토마스 모어는 《유토피아》에서 원시 기독교 공동체를 연상시키는, 검소한 생활 태도와 이상적인 도덕성 및 인간의 존엄성, 그리고 자유를 바탕으로 한 평등 사상을 주장한다.

《유토피아》에서 그리는 이상 사회는 신앙의 자유가 보장되고 모든 구성원이 이기심을 갖지 않으며 서로를 아끼고 사랑하는, 경건하리만큼 도덕적인 사회다. 이것은 기독교적인 이념에서 나온 것이다.

한편 유토피아는 모든 인간이 평등하며 누구나 예외 없이 노동에 종사하면서 먹고사는 문제로 시달리지 않는 공유제 사회다. 또한 불필요한 노동을 배제하고 인간다운 활동을 위한 자유 시간을 최대한 보장해 주며, 개개인이 자신의 발전을 위해 노력하는 사회다. 이것은 근대적인 휴머니즘의 이념이자 고대 그리스의 플라톤이 《국가》에서 주장했던 이상을 이어받은 것이라고 할 수 있다.

명문가 자제에서 반역죄로 처형되기까지

토마스 모어는 그의 뛰어난 재능만큼이나 굴곡이 많은 인생을 산 인물이다. 그의 일생 가운데 최후의 9년, 즉 그의 나이 48세 때인 1526년부터 1535년까지는 더욱 극적인데, 이때의 모어의 삶을 로버트 보울트가 희곡 《사계절의 사나이(A Man for All Seasons)》로 만들어 큰 인기를 모았을 만큼 파란만장하다.

토마스 모어는 1478년 법관이던 존 모어의 둘째 아들로 태어났다. 그는 똑똑하고 영리한 소년이어서 그의 아버지는 열두 살 된 어린 그를 종교계 및 정계에서 명망이 높던 존 모턴 대주교의 문하에 들여보냈다. 존 모턴 경은 모어의 재능을 알아보고 그를 옥스퍼드 대학교에 추천하여 입학시켰는데, 법관이 되기를 바랐던 그의 아버지는 얼마 후 모어를 자퇴시키고 법학원에 입학시켰다. 이 시기에 그는 평생의 친구가 된 에라스무스와 인문주의자들, 그리고 많은 학자들과 친분을 쌓는다.

이후 모어는 법학을 계속 공부하여 22세가 된 1500년에 법관 자격시험에 합격했다. 법관 자격을 취득한 모어는 평범한 변호사가 아니라 법학원에서 강의를 하는 학자로서의 길도 병행하게 된다. 27세 때에는 하원 의원에 당선되었는데, 헨리 7세의 세금 정책을 반대해서 의원직을 잃게 된다. 공직에서 물러난 그는 법학뿐만이 아니라 고전 문학, 철학, 역사 등 다양한 학문 연구와 더불어 저술 작업에 들어간다. 이 무렵 모어는 에식스 출신의 나이 어린 제인 콜트와 결혼해 화목한 가정을 꾸리고, 독실한 기독교도로서 검소하고 절제된 생활을 했다.

1509년 헨리 8세가 즉위하면서 모어는 다시 정치가로 복귀하여 행정 관료와 외교관으로서 능력을 인정받게 된다. 1510년에 런던 부시장으로서 플랑드르에 외교 사절로 파견된 것을 시작으로 1529년 그의 나이 51세에 영국의 대법관에 임명되기까지, 그는 다양한 공직을 두루 경험하는 한편 헨리 8세의 든든한 조언자이자 지지자로 활약한다.

헨리 8세는 열여덟 살이 채 안 되었을 때 왕위를 계승했는데 백성들은 젊고 활기에 찬 그의 등장을 환영했다. 토마스 모어도 헨리 8세의 등극을 칭송하고 축하하는 시를 썼다. 헨리 8세는 즉위하면서 전왕 때부터 누적된 부패와 비리를 단칼에 도려내겠다고 공언할 정도로 의욕과 패기에 차 있었다. 인문주의자이자 개혁적인 성향을 가졌던 모어는 이런 헨리 8세에게 정치적 조언자 및 협력자로서, 복잡한 외교 문제의 해결사로서, 뿐만 아니라 문학, 철학, 예술 분야를 아우르는 대화 상대자로서 매우 돈독한 신임을 받았다.

그러나 모어와 헨리 8세의 돈독한 관계는 왕의 이혼 문제로 깨어지게 된다. 헨리 8세는 12세에 형의 아내였던 왕비 카타리나와 정략 결혼했는데, 그녀와 애정도 없이 살아가는 것에서 벗어나고 싶어했다. 더구나 그는 이미 궁녀인 앤 불린을 사랑하고 있어서 그녀를 새로운 왕비로 마음에 두고 있었다. 헨리 8세는 신학자들에게 카타리나와의 합법적인 이혼 방법을 연구하게 했고 "형제의 처와 사는 것은 부끄러운 짓이다."라는 성경 말씀을 근거로 교황청에 대표단을 파견해서 합법적으로 이혼하려 했다. 그러나 로마 교황청이 이혼 판결을 거부하자 그는 로마 교회로부터 등을 돌리기 시작했다. 헨리 8세는 영국의 고위 성직자들에게 압력을 가해 첫 결혼을 무효로 만들고 앤을 정식 아내로 선언하는 한편, 영국 교회의 정신적 지도자로 취임했다. 이로써 영국 국교회가 태어나게 된 것이다.

하지만 토마스 모어는 헨리 8세의 이혼을 정당한 행위로 보지 않았다. 그래서 주변의 불필요한 오해를 불러 일으키지 않으려고 건강을 구실로 1532년 5월 16일 대법관직을 사임했다. 그런데 바로 이 날이 영국 교회가 헨리 8세를 영국 국교회의 지도자로 맞아들인 날이었다. 더구나 1533년 6월 왕비의 대관식에 초청받은 모어는 그 자리에도 참석하지 않았다. 이렇게 모어는 왕의 이혼에 대해 공개적으로 비난하지는 않았으나 침묵으로 자신의 의사를 대신했다.

이런 모어의 행동은 당연히 헨리 8세의 눈 밖에 나게 되었고 결국 모어는 1534년 반역죄로 기소된다. 한때는 대법관이자 왕의 총애를 받던 대신이 런던탑의 감옥에 갇힌 것이다. 하지만 그는 감옥에서도 헨리 8세와 앤 사이에 태어난 자녀들의 왕위 승계를 규정하는 왕위 계승법에 서명해 달라는 요청을 받았고 이 또한 거부했다.

이렇게 15개월 동안 회유와 압력을 받으면서도 굴하지 않았던 그에게 마침내 단두대 처형이 확정된다. 그러나 그는 단두대 위에서조차 평소 즐기던 유머를 잃지 않을 정도로 의연하게 죽음을 맞이했다. 단두대로 올라가는 계단이 삐걱거려서 간수의 도움이 필요하자 "나를 안전하게 끌어올려 주면 내려올 때는 내 힘으로 내려옴세."라고 하면서 여유를 보였고, 수염을 단두대 너머로 넘기면서 사형 집행인에게는 "수염이야 대역죄를 지었겠나?"라고 농담까지 던졌다. 그가 최후를 맞은 날은 1535년 7월 6일이었다. 로마 교황청은 400년이 지난 다음 죽음을 불사하면서까지 자신의 신앙을 지킨 토마스 모어에게 성인 칭호를 부여한다.

파란만장한 삶을 살고 간 토마스 모어는 흔히 정치가, 인문주의자, 명문장가 등으로 평가받는다. 하지만 토마스 모어는 자신이 그린 이상향 유토피아의 주민처럼, 검소하고 금욕적으로 살아가면서 정신적 쾌락을 추구한 기독교적 휴머니스트에 더 가까운 사람이었다.

2. 유토피아 사상의 계보

유토피아 사상은 언제 시작된 것일까? 흔히 서양의 경우는 플라톤의 《국가》를, 동양의 경우는 유가의 대동 사회(大同社會)를 유토피아 사상의 원류로 꼽는다. 이 두 개의 사상은 대략 지금으로부터 2,500여 년 전에 나온 것으로 서양과 동양 모두 비슷한 시기에 형성된다. 유토피아 사상이 형성된 시기가 동서양 모두 비슷하다는 것이 매우 흥미로운 일이기는 하지만 그 정확한 이유는 명확하게 드러나지 않고 있다. 다만 유토피아 사상은 계급적인 차별과 억압, 그리고 사회의 혼란 속에서 나온 것임에는 틀림없다.

플라톤의 《국가》는 아테네가 스파르타에 패배하고 아테네의 정치와 도덕이 극도로 혼란에 빠졌던 시기에 나온 것이다. 그래서 플라톤이 제시한 이상적인 국가란 그 내용상 국가의 지도자들과 시민 모두가 가장 올바른 상태에 있는 국가를 의미한다. 즉, 완전한 정의가 실현되고 재산만이 아니라 처자까지도 철저하게 공유되며 가장 현명하고 도덕적인 철학자에 의해 다스려지는 국가를 말한다.

플라톤이 제시한 이상 국가는 모두가 동일한 권리와 자유를 갖는 민주 공화정을 모델로 한 《유토피아》와는 달리 사회 구성원을 크게 시민(생산) 계급과 넓은 의미의 수호자 계급 두 개로 나누고, 이 수호자 계급을 다시 통치자 계급과 수호자(전사) 계급으로 나눈다. 이렇게 세 개의 계급이 존재하는 이유는 사람에게 이성(지혜)과 용기와 손발이 있듯이, 국가에도 이 세 가지가 필요하다는 생각 때문이다. 다만 세 개의 계급은 처음부터 나뉘는 것이 아니라 태어난 아이를 공동으로 기르고 교육하는 과정에서 그 아이가 어떤 자질을 갖고 있는지를 판별한 뒤에 아이의 자질에 맞는 계급으로 보내면서 정해진다. 이 가운데 통치자 계급은 그 사회에서 가장 이상적이고 지적인 사람들, 즉 철학자들로 구성되는데 이 철학자들 중에서 나이와 능력이 가장 탁월한 사람을 지도자(왕)로 삼아 일종의 집단지도 체제를 이루어 국가를 통치한다.

이렇게 최초로 서양 유토피아 사상의 지평을 연 플라톤의《국가》는 특히 재산의 공동 소유라는 개념을 사용했다는 점에서 이후 서양 유토피아 사상에 많은 영향을 미친다. 재산의 공동 소유는 토마스 모어의《유토피아》에서도 이상 국가의 기본 조건으로 제시되는데, 이후 나온 대다수의 유토피아 사상들에서도 이 점을 발견할 수 있다.

이와 더불어 플라톤의《국가》는 철학자에 의한 왕도 정치를 주장하는데, 이 점 역시 토마스 모어의《유토피아》를 비롯한 많은 유토피아 사상에 영향을 미친다. 각각의 책이 제시하는 철학자의 상은 다르지만 통치자 또는 지도자가 누구보다도 도덕적이고 현명하며 다른 많은 사람들로부터 존경을 받는 인물이어야 한다는 주장에서는 일치한다.

플라톤 이후 서양의 유토피아 사상은 중세에는 가톨릭 수도사들이 공동으로 생활하고 신앙심을 키웠던 신앙 공동체를 거쳐, 근대 초기로 와서 토마스 모어의 《유토피아》로 이어졌다. 그런데 모어의 《유토피아》는 이상향을 뜻하는 보통 명사로 자리 잡을 정도로 근대 유토피아 사상에 많은 영향을 끼쳤다. 그 이유는 그가 제시한 이상 국가가 근대적인 정치 체제, 즉 민주 공화정을 바탕으로 그려졌기 때문이다. 그 뒤 유토피아 사상은 1602년에 캄파넬라의 《태양의 나라》, 1624년에 베이컨의 《뉴 아틀란티스》 등으로 이어진다.

캄파넬라의 《태양의 나라》는 《유토피아》와 마찬가지로 현실 정치와 사회 체제에 대한 일종의 대안을 제시하는데, 평등과 공동체를 지향하는 강력한 중앙 집권적 제정 일치 사회를 주장한다. 캄파넬라 자신도 사제 출신이었듯이, 이런 주장의 배경에는 17세기 초 일부의 사제들이 현실 정치와 교회의 잘못된 정책에 반대하고 이상적인 기독교 공동체를 이룩해야 한다는 주장에서 그 근원을 찾을 수 있다.

캄파넬라가 그린 '태양의 나라'에는 사유 재산, 부당한 부의 축적, 빈곤 등이 존재하지 않고, 주민들은 네 시간만 일하면서 필요에 따라 생산물을 분배받는다. 또한 이곳에서는 일부일처제가 사유 재산을 만드는 원인이라고 보고 플라톤이 《국가》에서 주장한 것과 비슷하게 처자의 공유와 공동 육아, 공동 교육을 실행한다. '태양'이라 불리는 사제이자 통치자가 다스리는 제정 일치의 사회에서 모든 사회 구성원들은 적성에 맞게 살면서 국가와 신에 대한 봉사를 통해 삶의 참된 행복을 느끼게 된다. 이렇게 캄파넬라의 《태양의 나라》는 플라톤과 모어가 주장한 내용들을 상당수 받아들이면서 신앙 공동체라는 생각을 새롭게 제시하고 있다. 또한 캄파넬라는 모어와는 달리 자유로운 토론을 통한 민주 정치보다는 강제성을 띤 중앙 집권 국가의 권위와 명령을 강조했는데, 이 점은 어느 정도 플라톤의 생각과 유사하다.

베이컨의 《뉴 아틀란티스》는 과학자가 지배하는 엘리트 사회를 이상 국가로 제시한다. 이 왕국에서는 한 사람의 현명한 입법자가 자연 과학과 인간의 무한한 가능성을 탐구하는 '솔로몬의 전당'이라는 엘리트 과학자들의 기관을 설치하고, 이곳에서 자연 과학과 기술을 연구하고 발전시켜 사회를 풍요롭게 만든다. 그러므로 이곳에서는 과학자가 다른 관료나 왕을 능가하는 권위를 갖고 사회적인 존경을 받는다. 모어가 사회 구조와 분배에 중점을 두고 있는 데 비하여, 베이컨은 새로운 과학 기술의 발전에 의해 인간의 물질적 생활이 풍요해지고 행복해질 수 있다고 본 것이다. 베이컨의 이런 주장은 물론 근대 사회의 과학 발전과 밀접히 연관되어 있다고 하겠다.

한편 동양에서는 유토피아 사상이라고 구체화하여 제시한 것은 아니지만 이상적인 사회는 어떤 사회인가에 대한 답으로 유가에서는 대동 사회를, 노자는 소국 과민(小國寡民) 사회를 제시했다. 대동 사회는 '사람이 천지 만물과 서로 화합하여 모든 것이 하나가 되는 사회'를 뜻한다. 다시 말해, 가장 도덕적이고 현명한 성인이 나라를 다스리되 왕위가 세습되지 않고 모두가 가족처럼 지내며, 재물 또한 왕이나 지배 계급의 이익을 위해서만 사용되지 않는 이상적인 사회다. 유가는 이런 이상 사회의 대표적인 예로 요임금, 순임금의 시대를 제시했는데, 이 시대에는 모든 백성들이 먹고사는 문제로 고민하지 않고 모두가 훌륭한 왕의 지도 아래 올바른 삶을 살아간다는 것이다. 한마디로 말하자면 개인과 사회가 함께 공존하며 서로를 해치지 않는 공동체적인 이상 국가를 꿈꾼 것이다. 맹자는 이런 사회를 이루기 위해 우물 정(井) 자처럼 아홉 가구가 동일하게 토지를 공유하고, 가운데 토지는 공동 경작하여 세금을 내는 정전제(井田制)를 주장한다.

도가에서 주장한 소국 과민 사회는 '작은 나라에 적은 백성이 살아가는 사회'라는 의미인데, 문명과는 떨어져 인위적으로 어떤 일을 하거나 욕심내지 않는 무위와 무욕의 이상 사회를 말한다. 즉, 인간의 자유로운 삶을 제약하는 인위적인 사회 제도와 질서를 거부하고 많은 땅을 소유하지도, 많은 노동을 하지도 않지만 스스로 자족하는 삶을 살면서 자연과 일치된 인간의 본성을 회복하는 사회를 지향한다. 이런 점은 오늘날 작은 공동체를 꿈꾸는 사람들, 자연으로 돌아가자고 주장하는 환경론자들, 혹은 모든 사회적인 제도를 거부하고 공유 제도에 기초한 공동체적인 삶을 주장하는 아나키스트들의 생각과 공통되는 부분이다.

이렇게 동양의 유토피아 사상은 크게 대동 사회와 소국 과민 사회로 나뉘는 것을 살펴보았다. 대동 사회는 지도자의 선출이나 공유 재산제의 채택, 사회적 약자에 대한 보호 등 부분적으로는 모어의 유토피아 사회와 공통점을 지니고 있으나, 소국 과민 사회는 사회 제도나 교육, 지도자의 통솔력 등을 전혀 필요로 하지 않는다는 점에서 유토피아 사회와는 상당한 차이가 있다.

우리나라에서는 조선 시대의 소설 《홍길동전》에서 봉건적인 계급 제도를 폐지하고 만민 평등이 이루어진 '율도국'이라는 이상 사회를 제시한 바 있고, 19세기 말 천도교에서는 모든 인간에 대한 억압과 착취로부터 해방된 이상적인 사회를 '후천 개벽의 세상'이라고 정의했다. 이 후천 개벽 사상은 동학 농민 운동으로 이어진다.

동학 농민들은 인내천(人乃天), 즉 '사람이 곧 하늘'이라는 평등 사상을 토대로 사회적으로는 신분이 해방된 평등 사회를, 경제적으로는 억압과 착취로부터 영세한 농민과 상인, 수공업자 등이 자립할 수 있는 정의 사회를, 정치적으로는 왕정 체제의 개혁을 주장했다. 여기서 동학 농민들은 후천 개벽의 세상이 미래에 올 것이라고 생각했기 때문에 현실 세계에서 자신들의 이상을 실현하고자 농민 운동을 전개했던 것이다.

이상에서 살펴본 바와 같이 우리나라를 포함해서 동서양의 모든 사람들은 이상 사회를 꿈꾸면서 그것을 현실 속에 건설하기 위해 끊임없이 노력해 왔다. 근대 이후에는 인간의 존엄성을 천부적인 것으로 보고 인간의 자유와 평등은 그 무엇으로도 침해해서는 안 된다는 사상이 확산되었다. 또한 자연 과학과 기술이 발달하여 물질적인 재화의 생산력이 비약적으로 늘어나면서, 사람들은 이상 국가를 지상에서 실현시킬 수 있다는 새로운 희망에 들떴다. 그 결과 과학적인 유토피아 사회를 제시한 사회주의 사상이 커다란 영향력을 발휘하게 되고 소련 등의 사회주의 국가가 등장한다.

물론 사회주의 사회는 완전한 공유 재산 제도를 실현한 사회가 아니라 완전한 평등과 물질적 풍요를 이룬 공산주의 사회로 가기 위한 과도기 사회였다. 하지만 1989년 소련을 비롯한 동구권 사회주의 국가들이 붕괴하면서 공유 제도에 기초한 공산주의 사회의 건설은 현실에서 실현 불가능한 것으로 여겨졌다.

사회주의 국가들의 붕괴 원인은 여러 가지였지만, 무엇보다 인간의 이기심과 욕망을 도덕적으로 극복하지 못한 것에서 그 주된 원인을 찾을 수 있다. 인간의 무한한 욕망과 이기심이 사라지지 않는 한, 완전히 평등한 이상 사회를 실현하기 어렵다는 하나의 실례를 보여 준 셈이다. 또한 과학 기술의 발전으로 풍요로운 유토피아를 건설할 수 있다는 꿈도 조지 오웰이 미래 소설 《1984》에서 경고하듯이, 소수

권력자에 의한 감시와 억압이 지배하는 사회로 전락할 수 있다.

그러나 인간 사회에 빈부 격차, 자연 파괴, 생명 복제, 끊임없는 전쟁 등 인간에 의한 인간의 억압과 살육이 사라지지 않는 한, 이상 사회에 대한 염원은 사라지지 않을 것이다. 따라서 유토피아 사상은 인류가 스스로의 무한한 가능성을 부인하지 않는 이상, 다양한 내용과 형태로 끊임없이 나타날 것이다.

3. 《유토피아》 다시 보기

《유토피아》가 1516년 처음 출간될 때의 원래 제목은 라틴어로 '사회생활의 최선의 상태에 대한, 그리고 유토피아라고 불리는 새로운 섬에 대한 유익하고 즐거운 저작'이라는 긴 부제가 붙은 《Nusquama(아무 데도 없는 곳)》였다. 그러다가 뒤에 《Utopia》로 바뀌었는데, 이것은 원래 제목의 그리스어 'Aipotu'를 뒤에서부터 읽은 말이다. 뜻은 라틴어와 마찬가지로 '없는(ou)'과 '장소(topos)'란 두 말을 결합하여 만든 '어디에도 없는 장소'다.

《유토피아》는 '두 통의 편지'와 제1권, 제2권으로 구성되어 있다. 두 통의 편지는 모어가 유토피아에 관한 이야기를 책으로 발간하는 문제를 아는 사람들과 상의하는 내용으로 가상의 섬 유토피아를 실제로 존재한 것처럼 꾸미기 위해 모어가 만들어 낸 일종의 소설적 장치라고 할 수 있다. 그리고 제1권은 라파엘의 입을 빌려 당시 영국 사회의 권력층이 저지르는 부정과 부패를 맹렬히 공격하는 내용이며, 제2권은 이런 잘못된 세계와 비교해서 그 해결책으로 제시한 유토피아 세계의 정치·경제·사회·교육 제도 등을 소개하는 내용이다.

제1권은 모어가 왕의 명령을 받고 카스티야 사람들과 협상을 하던 중, 앤트워프에 가서 전부터 알고 지내던 피터 자일스와 포르투갈 출신의 라파엘을 만나는 장면으로 시작한다. 모어와 라파엘은 서로에게 호감을 갖고 여러 가지 문제들에 대해서 이야기하게 된다.

먼저 라파엘은 유럽의 정치 현실을 부정적인 시각에서 비판적으로 이야기한다. 유럽의 왕 대다수가 국민을 위한 정치가 아닌 사리사욕을 채우는 정치를 하고, 왕의 대신과 고문은 왕에게 올바른 충고 대신 감언이설로 아부하는 데에만 급급한다는 것을 지적한다. 라파엘은 이러한 상황 하에서는 올바른 충고가 받아들여질 수 없으므로 정치에 참여하지 않겠다는 강경한 태도를 보인다.

다음으로 도둑을 처벌하는 문제에 대해서도 구조적으로 접근한다. 사형과 같은 극형으로도 범죄의 수를 줄이지 못하는 것은 처벌 방식이 약해서가 아니라 도둑을 발생시키는 근본적인 사회 구조가 변화되지 않기 때문이라는 것이다. 그러므로 개혁의 방향은 빈부를 발생시키는 사유 재산 제도를 폐지하고 공유 재산 제도를 수용하는 것이며, 그보다 더 근본적으로는 돈의 가치를 무효화하는 데 있어야 한다고 말한다.

바로 이 두 가지를 완벽하게 실현시키는 장소로서 유토피아를 제시하고, 그에 대한 자세한 내용이 제2권에 나온다.

《유토피아》 제2권은 라파엘이 전해 준 유토피아 섬에 대한 이야기로, 유토피아의 위치와 자연 환경, 사회 제도와 신앙, 전쟁 등 다양한 내용을 구체적으로 소개한다. 사회 경제의 토대를 이루는 공유 재산 제도, 자급자족하는 농업 중심의 경제 체제와 여섯 시간 노동 제도, 민주적인 지도자의 선출 방식과 54개의 도시를 중심으로 하는 자치 제도, 일부일처제를 지키는 결혼 생활, 쾌적한 무료 의료 시설, 일정한 구역마다 운영되는 공동 식당을 완비한 복지 제도, 다양한 종교가 허용된 신앙 생활과 절제된 쾌락을 바탕으로 하는 도덕 관념, 침략 전쟁에 반대하나 침입한 적에 대해서는 철저하게 응징하는 전쟁 방침 등이 그것이다.

그러면 제2권의 내용을 구체적으로 살펴보기로 하자. 유토피아는 1760년의 역사를 가진 초승달 모양의 섬나라인데, 이 섬에는 같은 크기에 같은 언어와 관습을 가진 54개의 도시가 있고, 각 도시에서는 민주적인 선거로 관료를 뽑는 지방 자치를 실시하고 있다. 각 도시의 관리 중 매년 한 번씩 세 사람의 대표를 뽑아 수도 아마우로툼에 보내 나라 전체에 관한 중요한 문제들을 토론하고 결정하도록 한다. 각 도시의 시장은 30세대가 한 단위가 되어 뽑은 시포그란투스 200명이 모여서 선출한다. 시포그란투스는 주로 시민들의 생활을 지도하고 감독하는 일을 하는데, 이들은 오늘날로 치면 행정 관료이자 지방 의회의 의원을 겸직하는 지위를 갖는다.

유토피아 사람들은 하루 여섯 시간 일하고 여덟 시간 자며, 나머지 시간은 각자의 취미에 따라 독서를 즐기거나 공개 강좌를 듣는 등 여가 시간으로 활용한다. 유토피아에서는 시포그란투스와 사제, 그리고 소수의 학자를 제외하고는 남녀노소를 불문하고 모두가 생산적인 노동에 참여하고 검소하게 살아가기 때문에 하루 여섯 시간씩만 일해도 물자가 남아돈다.

유토피아는 철저한 계획 경제를 실시하여 쓸데없이 재물이나 노동력을 낭비하지 않으며, 도시 인구도 적절하게 조절한다. 한 도시에는 6천 가구 이상 살 수 없고 한 가구는 최소 열 명, 최대 열여섯 명으로 구성된다. 인구가 평균치를 초과할 경우에는 시민을 다른 도시로 이주시키거나 주변의 나라에 식민지를 건설하여 분산시킨다.

각 도시에는 커다란 병원이 네 개씩 있고 누구든 병이 들면 무료로 치료를 받는다. 식사는 공동 식당에서 함께 하며 가정에 필요한 생활 필수품은 무료로 지급받는다. 따라서 화폐가 전혀 필요 없고 모든 재물은 공동으로 보관하고 사용한다.

죄인들은 사형에 처하지 않고 노예로 삼아 일을 시키는데, 노예는 죄인들과 외국에서 사들인 사형수, 자발적으로 지원한 외국인 등으로 충원하나 유럽의 노예와는 달리 성실하게 일하면 사면을 받아 시민이 될 수 있다. 이들은 공동 수용소에서 생활하고 시민들이 하기 싫어하는 일을 하면서 벌을 받지만, 죄질에 따라 쇠사슬을 채우는 것 외에는 일반 시민과 다름없이 생활한다.

학자로서 자질을 갖춘 사람이나 학술에 힘쓴 사람은 노동을 면제 받는 대신 학문에 전념하여 높은 수준의 학문을 발전시킴으로써 사회 발전에 기여하게 되어 있다. 모든 어린이들은 무상 교육을 받고 학업을 마치면 각자의 적성에 맞는 직업을 선택한다. 모든 시민은 농업을 기본으로 배우도록 되어 있는데, 누구나 돌아가면서 농사를 짓게 되어 있어서 농사법을 알아야 하기 때문이다.

시민들은 착한 일을 한 사람은 내세에 상을 받고, 악한 일을 한 사람은 벌을 받는다고 믿는다. 그들에게 선이란 이성과 자연의 법칙을 따르는 행위로, 이기심으로 남의 자유나 쾌락을 빼앗는 것은 사악한 행위로 간주된다. 인간은 즐겁게 살아야 한다고 믿지만 진정한 쾌락은 올바른 덕성과 양심을 지켜나가는 것이라고 생각한다. 따라서 사치와 향락을 추구하거나, 황금이나 보석 등에 대한 탐욕이 없고 그것들을 죄악시하기까지 한다. 또한 절제되고 도덕적인 삶을 최상의 것으로 여기고, 특히 이성에 따르는 정신적 쾌락을 중요시한다.

결혼에 대해서는 엄격한 규칙이 있다. 남자는 22세, 여자는 18세에 이르면 결혼할 수 있는데 한번 결혼하면 이혼할 수 없다. 또한 혼전 성관계와 간음은 엄격한 처벌을 받는다. 다만 특이한 것은 결혼하기 전에 서로에게 알몸을 보여 줘서 결함이 있는지를 점검한다는 점인데, 이것은 상대의 결함이 나중에 발견되면 가정 불화의 원인이 될 수 있고 이혼이 쉽게 허락되지 않는 상황을 고려하여 나온 제도다.

유토피아의 법 조항은 아주 적고 재판관이나 변호사가 따로 없다. 그 이유는 유토피아 사람들 스스로가 도덕적인 삶을 최상으로 생각하는데다가 사회적으로 범죄를 저지를 만한 가난이나 탐욕이 없고 범죄에 대해서는 엄격하기 때문이다.

유토피아 사람들은 이유 없는 전쟁을 하지 않으며 전쟁을 하더라도 시민들이 다치는 것이 싫어서 무력 충돌이 없는 전쟁을 하려고 한다. 따라서 전쟁에서 얻은 승리를 자랑스러워하지 않는다. 사제는 병사들에게 적군에 대해 가혹한 행위를 하지 않도록 타이른다.

종교에 있어서는 신앙의 자유와 다른 종교에 대한 수용을 기본 원칙으로 삼는데, 공동의 교회당에서 공동 기도문을 사용하여 예배를 진행하는 방식에서 이를 확인할 수 있다. 반면에 서로 다른 종교를 비난하거나 자신이 믿는 종교를 대중 앞에서 과도하게 강요할 경우 국외로 추방된다.

이렇게 제2권을 통해 유토피아 섬의 여러 가지 관습과 제도를 설명하고 나서 모어는 당시 영국 사회에 던질 충격과 비현실성을 우려해서였는지 자신의 입을 빌어 공유 재산 제도를 과연 유럽의 현실에도 적용할 수 있는지 의문을 제기한다. 하지만 뒤이어서 그는 이런 제도가 지닌 장점을 인정하면서 유럽에서도 고려해 보는 것이 좋을 것이라는 희망을 말한다.

4. 《유토피아》의 사상적 배경

기독교적 휴머니즘

앞에서도 말했듯이 토마스 모어는 중세 말과 근대 초를 살아간 사람이다. 그래서 그는 중세 기독교 철학과 근대 휴머니즘이라는 두 개의 지적 흐름을 모두 지니고 있었다. 즉, 사상적으로는 인문주의자였지만 종교적으로는 중세적인 가톨릭 교도였던 것이다.

그러나 그가 생각한 이상적인 가톨릭 신앙은 공동 생활을 하면서 고행을 통해 자신을 닦는 수도사적인 것이었다. 그래서 토마스 모어는 평생 말의 머리털과 꼬리털로 짠 고행자의 면 셔츠를 입고 사치와 오락을 멀리하는 등 절제했으며, 런던탑에 갇힐 때까지 아침과 저녁에는 항상 경건하게 기도를 올리는 생활을 했다. 다시 말해 그는

《유토피아》 제2권에서 자신이 그린 유토피아 주민과 똑같은 삶을 살았다. 주사위, 카드놀이 등과 같은 오락을 피했고 하루 네 시간, 길어도 다섯 시간 이상 잠을 자지 않았으며, 아침에는 새벽 두 시에 일어나서 일곱 시까지 공부하고 기도하는 생활을 했다.

그러므로 그의 핵심적인 사상은 기독교적인 휴머니즘이라고 할 수 있다. 《유토피아》의 곳곳에 나오듯이 그는 모든 사람이 사람답게 대접받는 세상을 꿈꾸는 휴머니즘을 바탕으로 도덕적이고 경건한 삶을 추구했다. 또한 인간에 의하여 인간이 차별받는 사회, 가진 자가 못 가진 자를 무시하고 억누르는 사회, 권력 있는 사람이 권력 없는 사람들을 온갖 법과 제도로 억압하는 사회를 바꾸고자 했다.

모어는 못 가졌기 때문에 저지른 작은 도둑질마저 극형에 처하는 사회 현실에 분노하면서, 도둑질하는 이들에게 생계 수단을 마련해 주면 범죄는 사라질 것이라고 말한다. 또한 귀족이나 성직자 등 노동하지 않는 사람들이 유흥·매춘·도박 등 타락한 생활을 하는 것이야말로 범죄라고 강하게 비판했다.

따라서 모어가 꿈꾼 유토피아는 모든 사람에게 예외 없이 사람다운 삶을 보장하는 사회였다. 그리고 이런 생각의 배경에는 모든 사람을 두루 사랑하라는 기독교적인 사랑과 인간을 존중하자는 휴머니즘이 자리 잡고 있었다.

기독교적 공산 사회

모어는 《유토피아》에서 사유 재산 제도의 폐지와 재산의 공유를 주장했다. 이런 주장은 어디에서 온 것일까? 모어가 살았던 16세기 유럽에서도 가톨릭 교회와 수도회는 사제들에게 오랜 역사를 통해 지켜온 고행과 공동체 생활을 요구했다. 따라서 사제를 꿈꿨던 모어에게 재산을 공유하고 공동 생활을 한다는 것은 결코 생소한 일이 아니었을 것이다. 이와 더불어 모어는 모든 악의 근원을 탐욕이라고 보았다. 탐욕 때문에 사람들은 돈과 권력을 가지려고 하고 범죄를 저지르면서까지 그것을 추구한다고 생각했다. 귀족들과 수도원장들이 양을 치기 위해서 광대한 땅에 울타리를 쳐서 농민들을 부랑자로 내몬 것도 사실은 탐욕 때문이었다. 손 하나 까딱하지 않으면서 남의 노동으로 무위도식하는 귀족이나 나태와 사치에 익숙해진 귀족의 시종이나 가신도 탐욕의 화신이었다.

이렇게 사회악의 근원이 탐욕이라고 보고 절제와 공동체 생활의 경건함을 알고 있던 모어는 그 해결책으로 재산을 공유하고 엄격한 규칙에 따르는 공동체 생활을 제시한다. 한마디로 기독교적인 공산 사회를 제시한 것이다. 물론 모어는 플라톤의 《국가》를 읽고 그의 철저한 공유 재산 제도에 공감한 바 있었다. 하지만 이런 제도가 현실적으로 실현 가능하다고 생각한 배경에는 익숙해진 그의 삶의 방식이 놓여 있을 것이다.

그러나 모어는 공산 사회나 공동체 생활이 당시의 사회에서 실현될 수 있는지에 대해서는 회의적이었다. 《유토피아》 제2권의 마지막 부분에서 모어는 라파엘 히드로다에우스의 이야기를 다 듣고 나서 이렇게 감상을 말한다.

"나는 라파엘이 학식과 경험이 풍부한 사람임에는 틀림없다고 생각했으나, 그의 이야기에 전적으로 동의할 수는 없었다. 그러나 나는 유토피아 공화국에는 많은 장점이 있으며, 거의 기대할 수 없지만 이러한 장점을 유럽에서 본받아 주기를 바란다는 것을 솔직히 인정한다."

모어는 자신의 말처럼 "본받아 주기를 바라고 있지만", "거의 기대할 수 없다."라는 것을 솔직히 인정했던 것이다. 그러나 이 말은 당시에는 실현이 불가능하겠지만 장래 언젠가는 실현될 것이라고 믿는다는 뜻으로 해석할 수 있다.

금욕적 쾌락주의

모어가 《유토피아》에서 제시하는 도덕관은 에피쿠로스 학파의 쾌락주의와 스토아 학파의 금욕주의가 혼합되어 있다. 그리고 거기에 모어의 기독교적 세계관이 함께 들어 있다.

모어가 《유토피아》에서 주장하는 행복의 가장 중요한 요소는 쾌락이다. 이런 점에서 보면 모어는 분명히 쾌락주의자라고 할 수 있다. 그러나 모어는 모든 쾌락에서 행복이 온다고 생각하지 않았다. 선량하고 올바른 쾌락에서만 진정한 행복이 온다고 보았다. 이때, 선량하고 올바른 쾌락이란 인간의 자연적 충동, 즉 인간의 본성에 따르는 것이며 이 본성은 인간의 이성에서 나온다고 보았다.

모어는 어리석은 쾌락과 참된 쾌락, 육체적 쾌락과 정신적 쾌락을 구분하여 단순한 육체적인 쾌락에 반대하는 입장을 보였다. 이것은 쾌락주의를 금욕주의와 조화시키려는 시도에서 나온 것이다. 그는 헛된 명성이나 재산을 쫓는 어리석은 쾌락이나 신체적 욕구의 충족만을 꾀하는 육체적 쾌락보다는 절제와 금욕을 바탕으로 하는 정신적 쾌락을 보다 고귀한 것으로 생각했다. 그래서 모어는 선행과 맑은 양심을 쾌락의 으뜸으로 생각했다.

또한 모어가 주장한 금욕적인 쾌락의 바탕에는 기독교적 세계관이 자리하고 있다. 이 점은 《유토피아》 제2권에서 올바른 쾌락을 행복의 기준이라고 하면서 그 근거를 종교적인 세계관에서 찾는 것에서 확인할 수 있다. 즉, 인간은 누구나 즐겁기를 바라며 행복을 추구하는데, 행복은 덕에 의해 추구될 때 가장 올바르다는 것이다. 그런데 인간의 덕은 이성에 따라 살 때 완성되는 것이고 인간이 이렇게 살아야 하는 이유는 하느님이 인간에게 본성으로 주었기 때문이라는 것이다. 한마디로 말하면, 하느님의 뜻에 따라서 도덕적으로 살아야 인간은 진정한 행복에 이른다는 말이다. 이 주장은 경건한 기독교적 도덕관이라고 볼 수 있다.

5. 유토피아 사상의 현대적 의미

토마스 모어가 《유토피아》를 쓰게 된 이유는 당시 영국 사회에 만연된 사회·경제적인 부패와 부정, 그리고 제도를 통하든 그렇지 않든 가진 자가 못 가진 자에게 행하는 수탈과 억압의 문제를 해결할 수 있는 대안을 찾기 위해서였다. 그러므로 유토피아 섬은 토마스 모어가 당시 사회를 바꾸기 위해 갖고 있던 '희망 사항'이었다고 볼 수 있다.

사실 《유토피아》는 얼핏 보기에 터무니없는 공상 소설로 보일 수 있다. 그런데 '유토피아'가 이상 사회를 지칭하는 보통 명사가 되고, 《유토피아》는 사회주의 사상의 형성에도 많은 영향을 끼쳤을 뿐 아니라, 오늘날에도 여전히 고전으로 자리 잡고 있는 이유는 어디에 있을까?

그 이유는 여러 가지겠지만, 무엇보다 당시 영국이나 유럽의 정치 제도와 경제 제도가 가지고 있던 모순에 대한 날카로운 비판에서 찾을 수 있다. 모어는 영국의 근대화 과정에서 나타난 문제점들을 보면서 인간에 의한 인간의 억압이 얼마나 인간을 황폐하게 만드는지를 예리하게 파악했다. 그래서 인간의 존엄성을 높이기 위해서는 자유와 평등이 보장되는 제도가 필요하다고 본 것이다.

다음으로 토마스 모어의 《유토피아》는 단순히 이상적인 사회의 구조만을 제시한 것이 아니라, 그 속에서 사는 인간들의 구체적인 모습, 특히 종교적이고 도덕적인 삶을 편견 없이 제시했다. 아무리 사회 구조가 이상적으로 갖추어져 있다고 하더라도 그 속에서 사는 인간들이 정신적으로나 도덕적으로 타락해 있다면 그 사회는 결국 붕괴되고 말 것이다. 그래서 제도로서의 이상 사회를 유지하는 것 이전에 절제와 검소함을 바탕으로 한 따뜻한 감정과 도덕성을 갖춘 인간을 이상적인 인간으로 그린 것이다.

그러나 《유토피아》가 오늘날까지 사람들의 관심을 지속적으로 끄는 가장 큰 이유는 인간에 대한 무한한 신뢰와 애정을 지닌 휴머니즘에서 찾을 수 있다. 《유토피아》에서 모어는 어찌 보면 소박하다 싶을 정도로 인간에 대한 깊은 믿음과 애정을 보여 주고 있다. 인간다운 삶의 가장 기초적인 조건인 의식주 문제 해결, 교육과 복지 문제 해결, 그리고 도덕적이면서 소박한 삶에 대한 고려를 중요시 한 것 등이 그러하다.

물론 《유토피아》는 오늘날의 시각에서 보면 아쉬운 점도 몇 가지 안고 있다. 먼저 지적하고 싶은 것은 모어가 유토피아 섬의 가장 이상적인 경제 형태로 설정하고 있는 자급자족 경제의 한계다. 유토피아 섬은 재산의 공유를 기반으로 한 농업 중심의 자급자족 경제 체제다. 그러므로 유토피아는 결핍의 공포가 없기에 축적의 욕망이 필요 없을 수 있고, 검소하고 절제하는 생활을 하기 때문에 더 편리한 도구에 대한 욕구도 없을 것이라고 판단된다. 하지만 인간의 욕망은 인간의 창조적인 삶이나 자유로운 삶의 근원일 수도 있다. 그래서 공유 재산 제도로 불평등을 해결하고자 했던 사회주의 사회는 생산력의 약화와 비효율성 때문에 붕괴된 것이다. 또한 오늘날과 같이 엄청난 과학적 발전이 이루어지고 지구촌 전체가 하나로 연결되는 시대에, 농업에 기초한 자급자족 경제를 주장한다는 것은 마치 다시 과거 사회로 되돌아가자는 주장처럼 보일 수도 있다.

다음으로 지적할 것은 통일성과 획일성의 문제다. 유토피아는 크기와 구조, 그리고 관습마저 동일한 54개의 도시로 이루어졌으며, 모든 유토피아인은 똑같은 모양과 색깔의 옷을 입고 살아간다. 이 사회의 획일적 생활을 가장 잘 보여 주는 부분은 공동 식당에서 찾을 수 있는데, 모든 사람들은 마을 회관 같은 공동 식당에서 함께 식사를 한다. 그러나 인간은 본성상 변화와 다양성을 찾게 마련이다. 때로는 매일 똑같은 밥을 먹는 것이 지겨울 수도 있는 것이며 똑같은 옷에 염증을 느낄 수도 있다. 이런 점에서 모어는 지나친 통일성과 효율성을 강조하여 인간의 다양한 개성을 간과했다고 볼 수 있다.

마지막으로 필요에 따라 이웃 나라를 식민지로 삼는 제국주의적인 면모와 용병을 고용하여 전쟁을 대신 치르게 하는 것을 자연스럽게 여기는 선민 의식을 들 수 있다. 또한 어떠한 정치·경제적 특권 계급도 존재하지 않는 유토피아에 노예 제도가 있다는 점도 지적할 필요가 있다. 이것은 토마스 모어가 아무리 뛰어난 상상력의 소유자였다 할지라도 그가 살았던 사회와 시대를 벗어날 수 없었음을 보여 준다. 유럽 중심적인 사고와 귀족 중심 인식의 한계에서 자유로울 수 없었던 것이다.

하지만 이러한 한계에도 불구하고 우리는 여전히 토마스 모어의 《유토피아》를 하나의 모델로 삼아 유토피아에 대한 꿈을 꾸고 있다. 이는 500년 전에 토마스 모어가 꿈꾸고 그 이후 수많은 사람들이 이루고자 했던 이상적인 사회가 아직까지도 실현되지 않아서일지 모른다.

인간은 본래 오늘보다 나은 내일, 내일보다 나은 미래를 꿈꾸고, 그것의 실현을 위해 노력하는 존재다. 우리가 오늘도 《유토피아》를 읽으면서 보다 나은 세상을 꿈꾸는 것도 오늘의 현실 세계가 불합리한 측면을 가지고 있기 때문일 것이며, 보다 바람직한 사회를 이루고자 하는 열망이 있기 때문일 것이다. 그러므로 유토피아는 항상 미래형이며 완성되지 않은 완전성인 것이다.